KEITAI
SHOUSETSU
BUNKO
野いちご SINCE 2009

# 溺愛総長様のお気に入り。

ゆいっと

JN167611

○ STARTS
スターツ出版株式会社

イラスト/じーこ

ある日、具合が悪くて保健室で寝ていると
見知らぬ男の子にキスをされていました

「俺の彼女になってよ」
「な、なりませんっ……」

圧倒的な存在感と溢れるオーラ
ケンカなんてめちゃくちゃ強くて
殺気だって半端ないくせに
「愛莉の膝枕じゃないと眠れないから」
「俺以外にその顔見せるの禁止」
私の前ではとびきり甘くてワガママな総長様

「いつになったら俺のこと好きになってくれんの?」

きみにはきっと、何を言っても敵わないから
もう……
総長様の、お気に召すままに

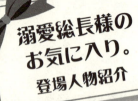

# 溺愛総長様のお気に入り。
## 登場人物紹介

### 二宮愛莉 (にのみやあいり)

真面目で控えめな高2。過去のトラウマから男嫌いになるけど、煌に気に入られて言い寄られるようになる。

### 榎本千春 (えのもとちはる)

愛莉の同級生で親友。見た目はギャルっぽくてミーハーだけど、しっかり者で、言いたいことは言うタイプ。

## contents

♡ 溺愛 1 ♡

男の子が苦手です。　　10

人助けはほどほどに。　　28

正体は総長様。　　42

呼び出しです。　　54

きみは俺のモノ。　　80

♡ 溺愛 2 ♡

拷問体力測定。　　100

甘い罠。　　122

甘いのが、好き。　　144

暴走の夜。　　163

♡ 溺愛 3 ♡

転入生は、超絶美少女。　　184

隠しごと。　　200

広がるモヤモヤ。　　213

突然の告白。　　227

♡溺愛4♡

| | |
|---|---|
| きみとの距離。 | 248 |
| 俺だけの姫。 | 261 |
| 煌くん、助けて。 | 279 |
| お気に召すままに。 | 294 |

**書き下ろし番外編**

| | |
|---|---|
| ラブラブです。 | 310 |
| ありがとう。 | 320 |
| 好きだから。 | 325 |

| | |
|---|---|
| あとがき | 346 |

♡溺愛1♡

## 男の子が苦手です。

　私、二宮愛莉は、今すっごいピンチに陥っていた。
　ときは、２時間目。
　場所は、保健室のベッドの上。
　今日は朝からずっと頭痛がおさまらなくて、１時間目が終わってから保健室で休んでいたんだけど……。
「……んっ……」
　おでこに違和感を覚えて、夢の中から目覚めた。
　まだ頭がぼうっとした状態で感じたのは。
　──ちゅっ。
　リップ音とともに、おでこに触れる温かい感覚。
　えっと……。
　視界は黒い影に覆われていて。
　寝起きってこともあるけど、何が起きているのかまったく理解できない。
「あ、起きた」
　そのとき真上から聞こえた低い声に、今度こそちゃんと目が覚めた。
「……っ、きゃあぁぁぁっ……！」
　慌てて飛び起きて、ベッドの端まで逃げる。
　ちょ、ちょ、ちょ……っと！
　そこにいたのは、知らない男の子だったから。
　だ、誰……!?

な、何したの……!!
　握りしめたこぶしを胸の前で構えて、わなわなと震えながら彼を見つめた。
「こ、ここで何をっ……」
　恐る恐る出した私の問いかけに、彼はひょうひょうと答える。
「寝顔がかわいかったから」
　……っ!?
「キスした」
　……ひぃぃ……っ！
　な、な、なんてことを……！
　失いそうになる気をしっかり持って、彼を凝視する。
　まるで悪びれたふうでもない彼は、見るからに真面目とは程遠い容姿。
　頭は銀髪で、耳たぶには複数のピアスという明らかに不良な見た目。
　指定の青色のネクタイは緩く結ばれていて、第３ボタンまで開襟されたそこからは胸元がチラチラ見えて目のやり場に困ってしまう。
　そんな一般的な校則違反な出で立ちに対して、目は切れ長で鋭く、鼻は筋が通って高く、唇は形よく薄く。
　持っているものはケタ外れに整っていた。
　一言で言えば、美少年。
　顔立ちが中性的なのか色素が薄いのか、銀髪にパリッとした白いシャツがとても栄えている。

……って、騙されないもん。

男の子には変わりないんだから。

この空間にふたりきりってこと自体、息苦しくて窒息しそう……。

なぜって。

……私は、ものすごーく男の人が苦手だから……。

『ブス！』

それは小学生のときに、クラスの男の子に投げられた心ない言葉。

そのうえ、おでこを上げてポニーテールをしていたせいか『でこっぱち』なんて、からかわれたりもした。

その子はどうしてか、私にばっかりそう言い続けて。

いま思えば、幼稚なイタズラだったのかもしれないけど、当時の私は深く傷ついたんだ。

結局それがトラウマになって、男の子の前では顔を上げるのも怖くて、話すのも極力避けるようになった。

よって、私は初恋もまだ。

「あ、あの、なんでここに……」

それでも精一杯、声を振り絞る。

仕切りのカーテンは、ちゃんと閉めていたはずだけど……。

もう保健室でゆっくり眠ることもできなくなっちゃったの？

改めて、"ここ"はそういうところになってしまったんだと恐怖を覚えた。

「寝に来た」
「……べ、ベッドなら他にも……」
「俺はここがよかったの」
　あ、そうですか。
　……ってなるわけないよ。
　普通、空いてるベッドに行くよね？
　残念だけど、この人には常識が通じないんだ。
　私だって天然だとかよく言われるけど、そのくらいの常識はあるつもり。
　とりあえず、どうやって逃げよう……それを一生懸命考えていたとき。
「ねえ」
　私の目を見つめながら放たれた声は、とても低くてゾクッとした。
　また、ヘンなこと言われちゃうのかな。
　昔の記憶がよみがえって、心臓がバクバクと音を立てた。
「俺の彼女になってよ」
　は、はい……？
　彼女!?
「な、なりませんっ……」
　まともに答えちゃった私も私だけど。
　何を言ってるんだろう、この人。
　これ、ナンパっていうやつかな？
「即答かよ」
　あたふたしている私の前で、ふっと鼻で笑う彼。

……っ。
　やっぱりからかわれたんだっ。
　それが手に取るようにわかった瞬間、かぁぁっと顔が熱くなる。
　そうだよね。どこを探したって、数分前に会ったばかりの人とつき合う人がいるわけないもん。
　不良さんたちは、いつもこうやって手当たり次第女の子に声をかけてるんだ。
　私の思ってたヘンなこととは違ったけど、ヘンなことには変わりない。
　やっぱり男の子に関わって、いいことなんてひとつもないんだ。
　私にとっては相変わらず天敵みたい。
「まあいいや、今日のところは勘弁してあげる」
　すると、彼はそう言って腕を伸ばしてきた。
　ひぃっ……！
　とっさに身をすくめると。
　彼の手が私の頭に触れ、クシャクシャッと撫でた。
「……っ」
　男の人に触れられるなんて、吐き気がしそう。
　ぞわぞわぞわっ……と全身に鳥肌が立つ。
　……もう、無理……。
「し、失礼します……っ」
　私はベッドから飛び降りると上履きに足を突っ込んで、逃げるように保健室を飛び出した。

２－Ｃというプレートのかけられた教室に戻ると、ちょうど２時間目が終わったところだった。
「あれー？　愛莉もう大丈夫なの？」
　すぐに、友人の榎本千春ちゃんが声をかけてくる。
　胸のラインで巻かれたカールがくるんと踊る千春ちゃんは、去年も同じクラスで気心しれた大の仲よし。
　ちょっとミーハーすぎるのが玉にキズだけど、優柔不断な私とは違って決断力のあるところとか、人にしっかり意見を言えるところはすごく尊敬してるんだ。
「……ぜんっぜん大丈夫じゃないですけど……」
　千春ちゃんに聞こえないようにボソッと呟く。
　さっきよりも具合悪くなっちゃってるよ、きっと。
「まだ顔色悪いよ？」
「……やっぱり？」
　……だよね。
　されたことを思い出して、ぶるると身震い。
　おでこだとしても、キスはキス。
　……さすが、チャラい男の子は違うなぁ。
　って感心してる場合じゃないや。
　断りもなくキスして許されるのは漫画の中だけ。
　実際やったら犯罪だよね。
　どうせ、誰にでも見境なくああいうことしているんだろうな。
　ここへ戻ってくる途中、おでこの皮がむけちゃうんじゃないかってくらい、ごしごし拭いて消毒しておいた。

「もっとゆっくり休んでくればよかったのにー」
　……私だってゆっくりしたかったよ。
　なのに、なのに、なのに。
　男ギライの私があんな目に遭うなんて、呪われているのかも……。
　はぁぁぁ……。
　心の中でため息をついて、イスを引いた。
「そうだ。さっきの授業のノートとプリント。この○(まる)つけたとこテストに出るかもだって」
「ありがとう」
　さっきの出来事を消し去りたくて、千春ちゃんから渡されたプリントをじーっと眺める。
　相変わらず難しそうだなぁ。
　私の通う白百合(しらゆり)女学園は、100年の歴史を誇る由緒正しき女子高。
　多くの著名人を輩出しているし、5年前に校舎が立て替えられてとてもキレイになったこともあり、受験の倍率も上がってしまった。
　なのに、なぜか2年前から募集定員が減ってしまい、必死で勉強を頑張って狭き門を勝ち抜いたんだ。
　男の子が苦手な私は女子高しか志願してなくて、家から一番近い白百合に、何がなんでも入学したかったの。
　男の子のいる生活なんて、吐きそうなくらい嫌だもん。
　なんとか中学まで共学に耐えた自分をほめてあげたい。
　念願かなって快適な女子高ライフを送っていたのが、

1ヵ月前までのこと。
　なのに。
　この春から男女共学になっちゃったんだ。
　というもの、近くにあった黒羽高校という男子高の理事長と、うちの学園の理事長が兄妹で。
　黒羽高校の経営の悪化（という噂）で白百合が吸収合併することになった、というのがことの顛末。
　学校名は"女"が取れて、今は『白百合学園』。
　しかも、黒羽高校が"超"のつくほどの不良校だったから大変。
　そこの男の子が流れ込んできたおかげで、白百合の生徒たちのスカートの丈は短くなるわ、化粧は濃くなるわで、一気に風紀は乱れてしまった。
　年ごろの女の子が男の子と一緒に学校生活を送ることになって、少しでもかわいい自分を見せたい……となり、地味な風貌が一変。
　それまで勉強に励んでいた生徒たちは、オシャレにいそしむ日々……。
　定員を減らしていたのは、合併に備えての教室数と生徒数を調整するためだったみたい。
　つまり、私が入学するずっと前から合併は決まってたんだよね。
　それを公にされず、女子高という理由でここに入った私は完全に騙されちゃった気分。
　教室内を見渡せば、金や茶色にとどまらず、赤、青、緑、

オレンジ……に染めた頭。
　今はやりのカラフルわたあめですか？
　動物園ですか？
　こんなチャラチャラした男の子たちと、あと2年間も一緒に学校生活を送らなきゃいけないなんて地獄。
　今までどおり清楚を貫いている子たちはほんの少数で、大多数はギャル化してしまった。
　千春ちゃんはというと……。
「ねーねー、愛莉もスカートの丈短くしてみたら？」
「え？　どうして？」
「どうしてって……そのほうがかわいいじゃん」
　……その他大勢だった。
　千春ちゃんは大丈夫だと思ってた。
　黒羽高校と合併するって聞いたとき、私と一緒になって嫌がってたのに。
　にっこり笑って平然と言う千春ちゃんは、このクラスの異様さにすっかり慣れた様子。
　薄情者〜〜〜！
　……なんてことは言わないけど。
「いつまでも地味でいたら、浮いちゃうよ？」
「地味って……」
　なのに千春ちゃんはさらっとトゲのあること言う。
　そう、かわいい顔してかなりの毒舌なのです。
　でもいいもん。
　私は男の子と仲よくするつもりもないし、浮いたって地

味だって構わないもん。
「愛莉ってばつれないなー」
　頬を膨らませる千春ちゃんのメイクの腕は、日々上がっている。
　それどころか去年まではすごくナチュラルだったのに、だんだんギャル化してるんだ。
　なんだか悲しいな……。
「千春ちゃ〜ん、お願いしてた数学のノート貸して〜」
　そのとき、近づいてきた声を聞いて私は反射的に体をよけた。
　わっ、男の子だ。
　教室の中で男の子の声がすることに、私はいまだに慣れない。
「あ、レンくん！　オッケー！」
　千春ちゃんはにっこり笑って手を上げる。
　レンくん？　いつの間に名前呼び!?
　う……無理。
　私は顔を背ける。
「はい。これでいいかな？」
「千春ちゃんサンキュ〜」
　ふたりは仲よさげに会話を弾ませている。
　もう、なんでここに来るの？
　千春ちゃんじゃなくて、他の女の子に借りればいいのに。
　早く行ってくれないかなぁなんて、背中を見つめていたのが悪かった。

振り向きざまに、彼とばちっと目が合ってしまったのだ。
　わわわっ！
　ビクッとして肩が上がったまま硬直していると、彼が私に向かって口を開く。
「あのさ、前から思ってたんだけど──」
　な、なんでしょう……？
「二宮さんて、俺のことキライ？」
　ドキッと心臓が跳ねた。
　そんな直球が飛んでくるとは……!!
「キライでしょー」
　立て続けに言う彼は、話の内容に合わないスマイルを向けてくる。
　うっ……、直視できない。
　だって否定できないもん。
　好きかキライかと尋ねられれば……キライ、です。
　でも、本人を目の前にそんなことを言えるわけもなく。
「あはっ……」
　苦笑いを返す。
　大人でしょ？
　だって、ほんとのこと言ったら角がたつもんね。
「えへへっ」
　私の『あはっ』にそう返した彼は、またくるりと千春ちゃんに向き直った。
　あー、びっくりしたぁ。
　彼がどう捉えたかわかんないけど……いや、たぶん、キ

ライって伝わっちゃったよね。
　でも、これだけ女の子からキャーキャー言われているんだから、私ひとりに嫌われても痛くもかゆくもないんだろうなぁ。
「千春ちゃんありがとね」
　彼は、投げるようにウインクをすると去っていった。
　わぁっ……！
　今どき、ウインクなんてする男の子がいるんだ……。
　そして、また彼のまわりには金魚のフンみたいに女の子がまとわりつく。
　あの子もその子も。ついこの間までは大人しく真面目だったのに、男っていう生き物は、こうも女の子を変えちゃうんだ……。
　っていうか、今のウインク、ちょっと鳥肌たっちゃった。
　昔のアイドルでもないのに、そんなウインクされても誰も喜ばないよ、ね？
　そっと顔を元に戻すと。
　目の前には、頬をだらしなく緩めた千春ちゃん。
　……喜んでる……！
「千春ちゃん、しっかりして！」
　両肩をガシッとつかみ、大きく揺さぶる。
　首が振り子人形のようにブンブン振られる。
「ん？　何が？」
「黒羽の人たちに毒されちゃダメだよ！」
「えー？」

「もっと自分を大切にしよう！」
「やだー、愛莉。なに言ってんのぉ～？」
　体までクネクネさせちゃって。
　こ、これはもう手遅れかもしれない……。
「愛莉もいい加減諦めなきゃダメだよー」
「諦める？」
「いつまでもそんな少数派にいたら、白百合の化石になっちゃうよ？」
　か、化石……って。
　千春ちゃん……。
　かわいい顔してそんなこと言わないでよ。
「郷に入れば郷に従えって言うでしょ？」
「千春ちゃんそれ違うから！」
　忘れてない？
　ここはもともと白百合女学園なの。
　だったら、黒羽の男の子たちが白百合に合わせて真面目にならなきゃでしょ？
「何が違うのよー。愛莉ってば意味わかんないよー」
　ああ……千春ちゃんにはもう何を言っても無駄みたい。
　私は最後のひとりになっても、この雰囲気に絶対染まらないと心に誓ったとき。
「あーいりっ」
　背後から肩に手を乗せられ、肩がビクンッとなる。
　ま、また男の子。
　今度は誰……？

恐る恐る振り返ると。
「俺だって俺ー」
「なんだぁ」
「なんだーは、ねーだろ」
　そう言って笑う彼の髪の毛は真っ赤で、両耳にはピアスが所狭しとついている。
　制服なんて……破けちゃったの？って心配になるくらい胸元がはだけていて。
　腰まで思いっきり下げたズボンには、赤のベルトにシルバーチェーンがぶら下がっている。
　男の子、しかもこんなにチャラい格好なのに、どうして私が普通に喋れるかというと。
　彼は、私の幼なじみだから。
　蓮見南里くん。
　家が隣で親同士も仲がよく、唯一、男の子で普通に喋れる人。
　小さいころから一緒にいすぎたせいか、そもそも男の子って意識してないんだけどね。
　面白いし頼りになるし、同い年なのにまるでお兄ちゃんみたいな存在。
　南里くんはオシャレに目覚めるのも早くて、高校生になってからは髪も染めて、どんどん派手になっていった。
　明るくてやんちゃで誰にでもフレンドリーなところは昔のまま。
　でも、改めて一緒に学校生活を送ってみると、結構チャ

ラいんだなぁって思った。
　『南里くんってチャラいんだね』って言ったら、『愛莉、今ごろ気づいたの？』と逆にびっくりされちゃった。
　でも、彼女はいないみたい。
「相変わらず男に嫌悪感丸出しだなー」
「だって、苦手なんだもん」
　南里くんは、私の男ギライを知っている。
「まー、愛莉がそのままでよかったけどな」
　よかったって？
　どういうことかな？
「愛莉の母さんからは男ギライどうにかしてやってくれーって言われてるけど、べつに今のままでいいよな」
「うん、どうにもしないで大丈夫だよ」
　お母さんってば、黒羽と合併してから、南里くんに私のことをあれこれお願いするものだから困っちゃうんだ。
　でも南里くんは、私の男ギライを治すのに積極的じゃないみたいだからよかった。
　何か荒療治にでも出るのかと思ったけど、そんなことしないよね？
「でも、黒羽のヤツらには気をつけろよ？　ほんと見境ねーし」
「うっ、うん」
　知ってる。
　だって、まんまとその見境ないのをたった今経験してきたばっかりだもん。

でも南里くんには黙ってよう。
　言ったら大騒ぎになりそうだから。
「愛莉はボケーっとしてるから、その辺の野獣どもに狙われそうで心配だわ」
「ボケーっとって！」
　それは言いすぎだと思います！
「ウソは言ってねえだろ」
　うっ……。そうなのかなぁ。
　私って、ボケーっとしてるのかなぁ。
　だから、保健室でもあんなことに？
　でもあれは寝てただけで、誰だって防ぎようがないよ。
「じゃあ南里くんはどうなの？　南里くんだって黒羽の男の子でしょ？」
「俺？　俺はそんなことしねーよ」
　すっごい自信満々に言ってるけど、さっき保健室で会った人となんだか同類のような気がするんだよね。
　ほんとに大丈夫かな？　裏の顔とかない？
　ちょっと心配。
　きっと、今クラスで一番人気なのは南里くんだと思う。
　南里くんが登校したら女の子たちは『きゃーっ！』て騒ぐし、他の男の子からも一目置かれてる。
　面倒見がいいのは私にだけじゃないんだ。兄貴肌なところがあるから。
　みんなから慕われてるんだろうなぁ。
　幼なじみとして、それはうれしい。

「なんかあったらすぐ俺に言えよ？」
「ありがとう」
　南里くんは私の頭をぽんぽんと軽く叩くと、友達のところへ行ってしまった。
　その行為はさっきの保健室の人とかぶるけど、嫌悪感なんてまったくない。
　南里くんにされても何も思わないのに、なんでさっきはあんなに鳥肌が立ったんだろう。
　私の男ギライって、結構重症かも。
「もう南里くんでいいじゃん」
　そんな様子を見ていた千春ちゃんが、ニヤニヤしながら言う。
「え？　何が？」
「彼氏だよ」
　びっくりするようなことを言うから、私は慌てた。
「っ、ち、千春ちゃん、なに言ってるの！」
「いつ見ても、アンタたちってお似合いだよね〜」
　ええっ？
　今の何を見てそう思うの？
　どう見たって、兄と妹の会話しかしてないのに。
「男ギライの愛莉に今後彼氏ができる気はしないし、いっそのこと南里くんとくっついちゃえばいいじゃん」
「私が彼女なんて、南里くんが迷惑しちゃうから！」
　それに、他の女の子がそんなの許さないはず。
　南里くんファンから袋叩きに遭うのが目に見えてる。

「愛莉は鈍感だからね〜」
　もうっ！　千春ちゃんまでっ。
　でも、今の話と鈍感なことにどういう関係が……？
　意味深に笑う千春ちゃんに、私はひとり首をかしげた。

## 人助けはほどほどに。

　放課後。
「二宮さん。この教材、社会科室まで運ぶの手伝ってくれないかしら」
　もたもたしていたら先生に捕まって、用事を頼まれてしまった。
「はい、わかりました」
　断る理由もなくて、私はそう返事する。
　先生もギャル化しはじめた子に声はかけにくいのか、合併する前までの装いを保っている少数派の子に声をかけることが多くなった。
　このクラスでの少数派は、ほんの２、３人……。
　ほかの子は部活をしているから、こういう場合は真っ先に私に声がかかるんだ。
　手早く用事を済ませて教室へ戻る。
　あ、そうだ。
　今日はチョコレートを買って帰ろう！
　昨日帰りにコンビニに寄ったら、大好きなチョコレートの新作があったから買いたかったけど、お金が足りなくて断念していたんだ。
　それを思い出したらちょっと気分が上がって、足取りが軽くなったとき。
「うわっはっは～、マジかよ～」

「ウケる～～！」
　うわぁぁ。
　あちこちの教室から聞こえてくる下品な笑い声に、また気分が落ちる。
「てめえ、今こっち見ただろう!?」
「そっちが先に見てきたんだろっ!!」
　揉めているのか、罵り合う声も響いてくる。
「ね～、いつヤらせてくれんの～？」
「ちょっとやだぁ～」
　おまけに、前から歩いてくる男女の会話は卑猥で。
　あ～も～っ……！
　耳に毒だよ～。
　ふと廊下に目を落とせば、今までゴミひとつ落ちてなかったのに、今ではお菓子の袋や食べカス、ペットボトルの空き容器。
　さらには。
　えっ……？
　これってもしかしてタバコ!?
　……頭が痛いなぁ。
　噂によれば、うちの理事長は黒羽高校を吸収したら、兄妹で分ける親の遺産の大半を受け取れる約束をしたとかしないとか。
　よりによって、どうして不良校……。
　せめて、まだ普通の男子校なら我慢できたのに。
　あと２年、こんなんでほんとに耐えられるかな……。

そのとき……。
「う……っ……」
　どこからか聞こえた奇妙な声に、心臓がヒヤッとする。
　今の、なんの声……？
「……ん……はぁっ……」
　……。
　……聞かなかったことにしよう。
　ヘンな妄想が頭をよぎって、目をつむった。
　ここはもう無法地帯。
　保健室で寝ている女の子に、あんなことをする人がいるくらいだ。
　どこで何があっても驚かないもん！
　足を進めると、声はさらに大きくなる。
「ううっ……」
　……ん？　これってうめき声？
　……想像してたのとちょっと違うかも。
　私は怖がりなくせに、好奇心は旺盛なんだ。
　怖いもの見たさで、声の元へ近づいていく。
　そこは、廊下の突き当たりにある資料室。
　いろんな備品が置かれている場所で、普段は人が立ち入らない場所。
　こんなところで、何が……？
　ゆっくりドアを開けて中を覗(のぞ)き込む。
「誰かいるんですかー……」
　そっと声かけしながら足を踏み入れれば。

──ガシッ!
　突然、手が伸びてきて足首をつかまれた。
「ひゃあああああっ!」
　その手を振り払い、部屋の隅までダッシュする。
　出た出た出た～!　お化け出た～!
　助けて～!
　神様仏様女神様ぁぁぁぁ～!!
　誰でもいいからその類の人すべてに祈っていると。
「助けて……ください……」
　男の子の声で助けを求められたのは、私だった。
　へっ……?
　うっすら目を開けると。
　ひとりの男の子が倒れていた。
　殴られたのか顔はあちこち腫れていて、口元からは血も出ている。
「ひゃっ……!」
　その姿だってある意味ホラーで恐怖におののく。
　殴られた人なんて、生身の人間で見たことないもん!!
　黒羽の人たちは、肩が触れただの目が合っただので殴り合いに発展することもあるって聞いたけど……。
　これも、そのひとつ……?
　彼はひょろひょろとしていて、ケンカなんてしそうもないのに。
　近くにはメガネがあり、フレームはぐにゃっと曲がってレンズは割れていた。

「すみません……そこにスマホが……」
　見ると、私のちょうど足元にスマホが転がっている。
「……あの……友達に……電話を……」
　……これで、助けを呼んでほしいってこと……？
　やだよっ。
　もう今すぐここからダッシュで逃げたいくらい。
「お願いしますぅ～……」
　そんな私の気持ちを知ってか知らずか、彼は痛そうにお腹を丸めて泣きそうな声を出す。
　……今日は厄日なのかな。
　でも、ここに足を踏み入れちゃったのは自分の意思だし、瀕死(ひんし)の彼を見捨てるのも心が痛む。
　電話をかけるくらいなら、してあげてもいい……よね？
「はい……」
　渋々だけど転がっていたスマホを手に取った。
「電話アイコンの中に……鳳凰(ほうおう)っていうフォルダが……」
　ホウオウ……？
　なんのことかわからないけど、電話のアイコンを押すと確かにそんなフォルダが出てきたので、そこを開けたらずらーっと男の子の名前が出てきた。
　わっ……。
　この人友達多いなぁ。
　このフォルダだけでも、50人くらいいるかも。
「で、誰に……」
「誰でもっ……いいですっ……」

誰でもいいの？
　こんなにたくさんの友達がいて、誰にかけても助けてもらえるなんて人望があるんだなぁ。
　すごーい……と思いながら適当にひとりを選んで発信すると、何コールか目で相手が出た。
『……お前、誰だ』
　低くて冷たい声。
「……!?」
　誰って……。
　お友達……なんですよね……？
『おい、聞いてんのか』
「あ、あの……」
　私が声を発すると、向こうの空気が変わったのを感じた。
　女の声がしてびっくりしてるのかな？
『……お前、この番号どこで手に入れた』
　はい……？
　さっきよりも低い声。なんだか威嚇されてるみたい。
　友達からの電話にこんな対応をするって、どんな人なの……？
「あ、あの、私、あなたのお友達に頼まれて電話をかけてますっ……えっと……資料室で……」
　なんて言ったらいいかちょっと迷ったけど。
「殴られてしまったみたいで……」
　たぶんそうだよね？
　目で合図すると、うんうんとうなずく彼。

『……チッ……』
　舌打ちが聞こえた。
　……っ。そんな反応?
　大丈夫?とか心配しないの?
「あ、あの……とにかく早く来てあげてください……」
　ああっ、もう切りたい。
　電話口でこんな不愛想って、どれだけ不愛想なのか想像しただけでも恐ろしいし、こんな人と会話しているだけで私が倒れそう。
『なんで俺が』
　するとまた、面倒くさそうな声を出す彼。
　なんでって……。
　友達が殴られて助けを求めているのに、それはないんじゃないかな?
　けど、そんなこと言えるわけもなく私は口をつぐむ。
　それっきり、電話の向こうは、うんともすんとも言わなくなってしまった。
　どうしたらいいの……?
　何か言えば、また冷たく返されるだけだろうし。
　彼を説得するなんて私には無理だし嫌だよ……。
　そう思って倒れている男の子を見ると。
「し、死にそうだって……伝えてくださいっ……」
　まるで向こうの声が聞こえているかのように、声を絞り出した。
　私はうなずく。

「死にそうだって言ってるんですけど……」
『じゃあ死なせろよ』
「……っ!?」
　な、なんてことを……！
　男の子を見ると。
　なんて言ってます？みたいな目をしているけど、言えるわけないよ。
　サッ、と目をそらした。
　男の子は苦手だけど、友達に見捨てられてる彼がかわいそうになってきて。
「あの、でもっ……」
　必死に声を上げると。
　──ピッ。
　電話が切れた。
　えっ、ちょっ……ウソでしょ？
　友達じゃないの？
　電話帳の中にあるくらいだもん。
　友達なんだよね？
　なんて冷たい人なんだろう……。
「あの……来てくれるって言ってました……？」
「えっと……」
　死なせろよ……って言われたなんて、口が裂けても言えないよ。
　友達選んだほうがいいと思うけどなぁ。
　やっぱり数じゃないよね。

なんて言おうかまごまごしていると。
「ちなみに誰にかけました……？」
　誰って……。
「確か……」
　適当にスクロールが止まった場所だった。
　漢字が複雑だった名前のような。
　えっと……。
「鷹……っていう字がついてたような……」
「……っ!!　まさか鷹柳さんにかけたんですか!?」
「えっ……」
　瀕死の状態だった彼がむくっと起き上がるからびっくりする。
　スマホを手にする力もなかったはずなのに、元気あるんだね……？
　そんな私の思いなんてまったく無視して、
「なんてことしてくれるんですか!!」
　ものすごい形相で食ってかかってくる。
　……え……？
　今私、怒られてるの？
　助けてあげたのに理不尽すぎるよ。
「ど、どうしてこんなにたくさんの中から鷹柳さんに……」
　彼は真っ青な顔して震えていた。
　ケガよりも心配になるくらいに。
「誰でもいいって……言ってましたよね……」
「それでもです！」

そんなむちゃくちゃなぁ……。
　だったら電話帳に入れておかないでほしい。
　感謝はされても、怒られる筋合いないと思うんだけど。
　黒羽の男の子って、常識が通用しない人が多いのかなぁ。
「……終わった……」
　……終わったの？
　確かに、電話口だけでも怖そうな人だったけど。
　これ以上は私の関知するところじゃないよね。
　再びパタリと倒れた彼を横目に見て。
「じゃ、じゃあ、私はこれで……」
　最低限のことはしたと思う。
　この状況もう耐えられないよ。
　男の子と会話してるだけでも、かなり体力を消耗してる気がするもん。
　そう言って去ろうとしたとき。
　――ガラッ、バンッ……！
　半分開いていたこの教室のドアが、思いっきり開いた。
　入ってきたのは、またしても……男の子。
「お前、相変わらずだな」
　人のよさそうな顔で笑った彼は、ものすごく端正な顔立ちをしていた。
　漆黒の髪は左側だけ伸ばしているアシメスタイル。
　180センチはありそうなスラリとした体形で、黒羽の人にしては珍しくきちんと制服を着ている。
　男……には違いないけど、どこか小綺麗で女性的なにお

いを感じた。
「翔和(とわ)さんっ……」
　倒れていた彼は、藁(わら)をもすがるような勢いでほふく前進して"翔和さん"と呼んだ男の子にしがみついた。
　こう見ると、彼のひょろひょろさがさらに際立つ。
「誰にやられたんだ」
「夜神(やじん)のヤツらです……10人がかりで……」
「はあ……またかよ。懲(こ)りねえなあ」
「ですよね。どうして僕だけ……」
「ちげぇ。お前の進歩がねえって話だ」
　ぷふっ。
　乱暴に放たれた翔和さんの言葉に、思わず笑いが込み上げる。
　……てことは、いつもこの人は殴られてるのかな？
「どうしてこうもすぐ捕まるんだよ」
「……っ、すみませんっ……」
　彼はごもっともです、といわんばかりにぺこぺこ頭を下げた。
　ふたりは先輩と後輩なのかな。
　ん？　でも、上履きの色は同じく青色なんだけど。
　青……？
　てことは、ふたりとも私と同じ２年生だ。
　……見えない。
　翔和さんは３年で、殴られた彼は１年かと思った。
「わざわざ煌(こう)に連絡するってなんだ。煌を怒らせると面倒

だから下で処理しとけ」
　翔和さんは、ため息をつくように言葉を発し、髪をクシャっとかいた。
　男の人なのに、なんて艶っぽいんだろう……。
　女の人よりも女性っぽいその仕草に、彼が男ということも忘れて見入ってしまう。
「ぼ、僕じゃないですっ。この人が鷹柳さんにっ」
「ええっ!?」
　突然話を振られてびっくりする。
　人差し指を向けられ、いかにも『犯人はコイツだ！』と言わんばかりに。
　鷹柳さんて人に電話をかけたのは、やっぱりいけなかったことみたいだけど。
　それって責任転嫁じゃないかな。
　私は誰でもいいって言われたんだから。
「……ん？」
　そこで初めて私の存在に気づいたのか、翔和さんの目がきらりと光る。
　まるで獣が獲物を狙うような眼光。
　ひゃあああああ……。
　全身の毛が逆立つんじゃないかってくらい震えた。
　さっきまで女性的な雰囲気を醸し出していたかと思っていたら、すごい変わりよう……。
　怖いなぁ……。
　見つめられるだけで、こんなに恐怖を覚えるなんて。

からかってきた小学生時代の男の子なんて、かわいいものだと思えた。
「2年か……」
　言葉を発したのは、私の上履きを見て。
「……は、はい」
　間違っても敬語を怠っちゃいけない。
　本能で察した。
「ここで見たことは、口外しないでもらえる？」
　ところが……思いのほか優しい口調。
　目力も、元に戻っている。
「えっと、つまり……この人が10人がかりで殴られて伸びちゃったって話、ですか？」
　少し安心して確認する。
　すると、翔和さんは細い目を真ん丸にして。
「ははっ」
　と、軽く笑った。
　ひょろひょろな彼の顔は真っ赤。
　あ、ごめんなさい。調子に乗って言いすぎました。
　でもこのくらい言わせてもらわないと、割りに合わない気もするもん。
「変な噂たつと、あんまりうまくないからさ、そこんとこ頼むわ」
「……は、はい」
　翔和さんの真面目な声に、背筋がピシッと伸びる。
「つーか、タメだろ。敬語はいらないから」

でも……。
　コクン……さすがにタメは心苦しくて、首だけを縦に下ろした。
「あの……」
「なんだ」
「もう……行ってもよろしいでしょうか」
　タメ口なんて絶対に無理っ。
　最大限の敬語を使って言うと。
　翔和さんは「どうぞ」と紳士的に進路をあけ、私を解放してくれた。

## 正体は総長様。

　昨日ダブルで災難に遭った私は、翌朝もっと頭痛がひどくなっていた。
　男ギライに加え、男運もないのかなぁ。
　こんなことでいちいち休んでいられないし、薬を飲んでなんとか登校したけど。
　薬を飲まなきゃいけないって、私の男ギライは、もはや病気レベルかな。
　そしたら何科を受診すればいいんだろう。
　病院でそんなこと聞いたら、鼻で笑われちゃうよね。
　だけど私には死活問題だし。
　つらいなぁ……。
「愛莉おはよー」
「千春ちゃん、おはよう」
「あれ？　なんか死にそうな顔してない？」
「え、ほんとに……？」
　そんなに私、ひどい顔してるのかな。
　これから先、この学校で生きていけるのか不安しかないよ。
「今日の放課後空いてる？」
「え〜ずるい〜、今日は私の番だよね？」
　ＨＲ前の教室。
　今日も朝から女の子は、男の子の前でアピール合戦が激

しい。
　みんな、お気に入りの男の子との約束を取りつけることに躍起になっているのだ。
　雑誌に出てくるようなイケメンはいないけど、それでも男は男。
　女の子の間ではもう順位がついているのか、人気のある男の子はある程度定着したみたいで、囲まれる人はだいたい決まっている。
　その中のトップは、南里くん。
「そこの席の人、このままずっと来ないのかなぁ」
　千春ちゃんは、目線の先にある空席を指さした。
　遅刻にサボリに早退……と、誰かしらいないから、空席があってもとくに目立たないんだけど。
　それでも３つの席が、いつも決まって空席なんだ。
「そんなに気になるの？」
　黒羽は不良校だから、来ない人がいてもまったく不思議に思わない。
　クラス名簿もないし、先生も彼らが来ないのを何も言わないし、出欠すら取らないから名前もわからないんだ。
　留年した人かな？
　逆に、これだけ席が埋まっているほうが驚きなんだけどなぁ。
「だって、イケメンかもしれないじゃん」
　……はいはい。
　この会話、あんまり絡みたくないけど。

「……違ったら？」
「んもー、愛莉ってば夢がないなー」
「夢って……」
　そこ、夢見るとこ？
　今いる男の子で満足してよ～。
　これ以上男の子に増えてほしくないから、できればこのまま来ないでほしいな～なんて。
「来ない人こそ見てみたくない？　黒羽って思ったよりレベル高いし」
「はあ……」
　髪を染めたり眉を細くしたり、制服を自己流に着崩してみたり。
　確かに女の子受けするように改造されたそれは、普通の３割増しくらいになってるのかも。
　でもそれは、元のレベルが高いってわけじゃないと思うけどなぁ。
「カップルもぞくぞく誕生中って話だよ！」
「へー……」
　風の噂で聞いてる。
　みんな競うように彼氏を作り始めてること。
「へー、って。もうちょっと興味持とうよ～」
「だって、ほんとに興味ないんだもん」
　僻みとかそういうんじゃなくて。
　羨ましいとか全然思わないもん。
　正直な気持ちを伝えると、千春ちゃんは「もうまった

く！」とプリプリしながら、男の子に群がっている女の子の輪へ行ってしまった。
　千春ちゃんも好きだなぁ……。
　そんな姿を見ながらぼーっと考える。
『俺の彼女になってよ』
　そんなことを言ってきた昨日の彼もそうなんだ。
　恋人が欲しいのは男の子も同じなんだよね。
　昨日の人、当たった先が私で失敗したと思ってるだろうなぁ。
　他の子だったら、即ＯＫされてたかもしれないのに。
　かなりモテそうな雰囲気だったし、今までああ言って断られた経験なさそうだった。
　プライド傷ついちゃったかな？
　……私には関係ないことだけど。
　すると――ふいに彼の言葉が耳によみがえった。
『今日のところは勘弁してあげる』
　今日のところは……？
「……」
　ないないっ！
　今日どころか、今後もあったら困るもん。
　それが彼の常套句であることを祈るだけだった。


「愛莉〜、飲み物買いにつき合って〜」
「うんいいよー」
　休み時間。

私は千春ちゃんと一緒にカフェテリアへ向かった。
　白百合には、某有名チェーン店のコーヒーショップが入っている。
　放課後は、ここでゆっくりお茶しながら読書するのが至福の時間だった。
　だった……というのは、もうそれができないから。
　今は、ここは不良のかっこうのたまり場。
　放課後ここでお茶すると、100％ナンパされるんだって。
　カレカノが欲しい人たちにとって、出会いの場になっちゃってるんだ。
　ここに座っていれば"ナンパしてください"っていう合図だなんて聞いたら、行けるわけない。
　このカフェは、白百合最大の魅力だったのになぁ。
　２時間目と３時間目の間は休み時間が20分あるので、カフェはにぎわっていた。
　この時間は、幸いにも男の子は少ない。
「今日から新作が出るんだよね〜。苺のやつ」
　うきうきしながら千春ちゃんが言う。
　そういえば、少し前から新作のお知らせのポップが置いてあったっけ。
　インスタ映えしそうな、見た目にもかわいいドリンク。
「愛莉はどうする？」
　私は苺が大好き。
　苺好きには待ってました！とばかりの新作だけど。
「私は……今日はやめとくね」

今、お財布の中身がピンチなんだ。
　残念だけど、しばらくは自販のジュースで我慢しよう。
　とほほ……。
「わかった、じゃあ行ってくるね」
　千春ちゃんは小走りで、数人並んでいるレジのカウンターへ向かった。
　それにしても、みんな派手になっちゃったなぁ……。
　まわりを見渡して、肩を落とす。
　うちのクラスだけじゃなくて、隣のクラスの子もそのまた隣のクラスの子も。もちろん３年生も。
「おまたせー」
　千春ちゃんの手には、ポップで見ていたとおりのかわいい新作ドリンク。
「わぁ～、かわいいね～！」
　苺の果肉入りジュースに、ホイップクリームがふんだんに乗っていて、さらにその上にはストロベリーソースがかけられている。
　見た目だけでも十分心をくすぐられる。
「やばっ！　超おいしいんだけどっ」
　一口飲んだ千春ちゃんは目を輝かせた。
　思わず私の喉もゴクッと鳴る。
「愛莉も飲んでごらん！」
「ええっ、いいの？」
「いいよんっ」
「わぁ、ありがとう！」

優しいなぁ、千春ちゃん。
　差し出されたそれを手に取って、少しもらう。
「ほんとだ！　おいし～」
「でしょ～」
　口いっぱいに広がる苺の香りと、果肉のシャリシャリ感が最高！
　クリームとソースの甘さもたまらない。
　お金をためて絶対飲もう！
　おいしいものを分けてもらってほくほく顔になった私は、空いている席に座った。
　ここへ来たら、チャイムが鳴るギリギリまでここで過ごすのが恒例。
　ゆっくりと、授業の疲れを癒していると。
　ざわざわっ……。
　カフェの空気が変わった。
「ちょっとマジで？」
「やだぁ～、どうしよう!!」
　女の子たちがこぞってそわそわし始めたのだ。
　鏡を取り出して、リップを塗り直したり、髪の毛を整えたり。
　今まで話していた男の子たちそっちのけで。
「なになにー？」
　千春ちゃんも騒ぎに気づき、キョロキョロしている。
　すると今度は、みんなスマホをどこかへ向けはじめた。
　え、なんなの？　何がはじまるの？

わけがわからないまま、みんなが一斉に視線を向けている先、入り口のほうに目を向ければ。
　背の高い３人の男の子が、横並びにカフェに入ってきていた。
　明らかに不良とわかる出で立ちの３人組。
　そんな人、今やこの学校にたくさんいるし、目を背けたくなるけど。
　その３人はその辺の不良さんたちとは違い、どことなく洗練されていて、思わず目で追ってしまうようなオーラが漂っていた。
　堂々とした風格。
　頭は左から順に、金、銀、黒のトリプルカラー。
　彼らが通る道はさーっと開かれ、ギャラリーは遠巻きに見ている。
　あからさまに近寄ることもなく、少し距離を置いて。
　今まで見たことない扱いだけど、なんなんだろう。
　彼らは何者……？
　距離が近くなってはっきり見えたその顔に、私は思わず固まった。
　……ん？……ん!?
　あの人。真ん中にいる人。
　もう１回、目をごしごしこすって凝らしてみる。
　……間違いない。
　昨日、保健室で会った人だ。
　そのとき、彼がふとこっちに視線を投げた気がして、私

はサッと柱の陰に隠れた。
　あ、危なかった！
　あとちょっとで見つかるところだった。
　でも大丈夫だよね？
　こんなに女の子がいるんだもん。
　でも、見つかったところで、私のことなんてもう忘れてるはず。
　どこの女の子にも、あんなことしたり言ったりしてるんだよね？
　なんの特徴もない私のことなんて覚えてるはずもないだろうけど、念には念を。
　そのままの体勢で、息をひそめて身を隠していると。
「わー！　カッコいい〜」
そんな私の横で千春ちゃんは、目を輝かせてきゃっきゃし始める。
　他の子と同じように、スマホを片手にかざして。
　千春ちゃん！　お願いだから目立たないでー！
「鳳凰のトップに会えるなんて超ラッキーだよ！」
　……ホウオウ？
　どこかで聞いたような。
　どこだっけ……。
「千春ちゃん、あの人たち知ってるの？」
　問いかけながら目で追っていると、彼らはカフェの列の最後尾に並んだ。
　すると、前に並んでいた人が次々に列の後方へ移動して

いき……。彼らが先頭になる。
　つまり、並ばなくても順番がやってきたということ。
　何あの待遇。全員が暗黙の了解のように後ろに移動する意味がわからないよ！
「え、愛莉知らないの？」
　なのに、逆に驚かれた。
「……うん、知らないけど……」
「ちょっとー、ほんとに化石になっちゃうよ？」
「……うっ……」
　そんなことで化石にならないもん！
「あの人たちは、鳳凰っていう暴走族グループのトップの人たちなんだよ」
「ぼ、暴走族……!?」
　頭がクラクラした。
　それは想像の、かけらもない答えだったから。
　どこかの御曹司って言われたほうが、まだ体と心に負担がなかったかも。
「黒羽の中にはいろいろなチームがあるみたいだけど、鳳凰は特別。数々の伝統を受け継いだ老舗の暴走族で最強なの」
「老舗って……」
　和菓子屋さんみたい。思わずふっと笑うと。
「そこ笑うとこじゃない！」
　千春ちゃんに怒られた。
「……うっ。えーっと、それで……？」
「で、あの銀髪の人いるじゃん」

3人の中に銀色の髪はひとりしかいない。
　……昨日の、彼。
　彼が、どうしたの……。
「あの人が、鳳凰の総長なの」
「……ッ……ゴホッ……！」
　ちょ、ちょっと待って。総長って、その。
　暴走族に興味なんかない私でも、そのワードくらいは知ってる。
　一番権力を持ってる人だよね？
　あの人、そんなに地位のある人なの？
　その権力が、どのくらいのものかは知らないけど。
　"総長＝とーっても怖い"人っていう認識は、間違っていないよね……？
「へー……」
　平静を装ってるけど、心臓はもう破裂寸前。
「出た！　愛莉の『へー』が！」
　違うよ！
　今の『へー』は、動揺を隠すための『へー』なの。
「うちらとタメだよ。3年差し置いてすごいよねー。副総長も2年なんだって。ほら、黒髪の人」
「副総長……」
　そう言われて、黒髪の人に目をやれば。
「……っ」
　昨日、恐ろしい眼光で睨まれた翔和さんだった。
　ウソッ！

あの人……銀髪の彼の仲間なの……!?
　そして副総長!?
　ということは……!?
　翔和さんが"怒らせたら面倒だ"……と言っていた人は、総長?
　つまり、私が電話で話していた『鷹柳』って人は総長で。
　銀髪の彼が『鷹柳』って人だとすると。
　電話の彼と、保健室の彼は同一人物……!?
「すごいオーラだよね〜。カッコいい〜」
　千春ちゃんのきゃぴきゃぴした声を聞きながら。
「……」
　私今、頭の中が、絶賛混乱中です。
　列を見ると、注文を終えた彼らがコーヒーを手にする姿が見えた。
「ち、千春ちゃん、そろそろ教室戻ろうよぉ」
　混乱する頭の中でも、わかることがひとつだけあった。
　彼らに見つかっちゃいけないって。
　また関わったら、とんでもなくまずいってこと。
「え〜、もうちょっと見てたいよ〜」
「私は戻りたいの、なんだか鳥肌が……」
「もー、ほんっと愛莉の男ギライって病気だよね」
　うん、病気なの。
　わかってくれてるなら早く!
　私は名残惜しそうな彼女の手を引っ張って、そそくさとカフェをあとにした。

## 呼び出しです。

「愛莉ちゃーん、お呼びだよ〜」
　その日の放課後。
　千春ちゃんと買い物でも行こうかなんて話をしながら帰り支度をしていると、クラスメイトが私を呼んだ。
　お呼びって？
「告白じゃないの〜」
　呼んだ子が、私にこそっと耳打ちしながら目を向ける先には。
　わわっ……！
　昨日殴られてた男の子がいた。
　……ひょろひょろくん。
「ちょっとー、やるじゃ〜ん。愛莉も隅におけないね」
　こうやって呼び出される女の子はよくいる。
　彼女を作りたいために、呼び出して告白するなんてことは日常茶飯事だから。
　そう思ったのか、千春ちゃんも私を肘でつついて冷やかしてくるけど。
　彼に限ってない。
　絶対に違うって断言できる。
　むしろ嫌な予感しかないよ。
「ほら早く行かないと」
　千春ちゃんにせかされて、私は渋々彼の前に行った。

「……っ」
　彼は気まずそうに目をそらす。
　昨日壊れたものとは違う、縁のあるメガネの真ん中を押さえながら。
　それはそうだよね。
　助けてあげたのに、最終的に私を悪者扱いしたんだから。
「あの、昨日はその……ありがとうございました」
　引け目があるのか、目を合わせようとしない彼。
　昨日は強気に出ていたのに、今日は翔和さんがいないからか、やけにしおらしい。
「……で、なんでしょう」
　わざわざお礼を言いに来たのかな？
　べつにいいのに。
　むしろ、昨日のことは忘れたいし、忘れてくれていいんだけど。
「ちょっと、来てほしいところがあるんです」
「はい？」
　思わぬことを言われて、真顔になってしまった。
　来てほしい、って。
「昨日のお礼をしたくて……」
　お礼？
　お礼なら、今言われた気がするんだけど……。
「あの、ちょっと意味がわからないんですけど……」
「えっと……僕がいつもお世話になってる方が、二宮さんにお礼をしたいと」

って、えぇっ。

いつもお世話になってる方って。

それはええ……と。

"あの人"……で間違いないよね?

……全力でお断りしたいです。

『死なせろよ』なんて言った人が、このひょろひょろくんを助けたお礼なんてしてくれるわけないよ。

むしろ、昼寝してたのに怒られていい迷惑……くらいに思われてそう。

「ごめんなさい、無理です」

「僕も、無理です」

きっと、『連れてこいっ!』って命令されたのかな。

だったら、なおさら行けるわけないし。

「……」

「……」

ふたりしてお見合いしたまま沈黙。

……どうしよう。

「お願いですから、来てください〜」

すると、今日もまた泣きついてきた。

そんなこと言われたって困るのに。

もう関わりたくないんだから。

「愛莉、どうしたの?」

「千春ちゃん!」

現れた千春ちゃんが女神様に思えた。

きっと困ってる私を心配して、助けに来てくれたんだ。

こういうところ、ほんとに大好き!!
「愛莉に何か？」
　イケメンじゃない男の子には厳しいみたい。
　語気を強くする千春ちゃん。
「えっと……昨日助けてもらったお礼がしたいと思いまして……」
「何それ」
　事情を知らない千春ちゃんに、速攻で耳打ちする。
「困ってたから、ちょっと手を貸してあげたの」と。
　千春ちゃんは、愛莉が!?　みたいな顔をしていたけど、そこはスルー。
「僕がお世話になっている方から、二宮さんを連れてくるように言われてまして」
「はあ？　そんな怪しいところに愛莉を連れていけるわけないじゃない」
　うんうん。
　そうだよね。頼りになります、千春ちゃん！
　私は彼女の背後に隠れるようにしながら、動向を見守る。
「す、すみません……」
　すっかりへっぴり腰になっているひょろひょろくん。
　この勢いに負けて、諦めてくれますように！
「で、それって誰なの？」
「えっと、僕がいつもお世話になってる方で……」
「だからそれが誰かって聞いてんの！」
「ひいっ……！　じ、じつは僕、鳳凰という暴走族に入っ

ていまして……」
「へっ……!?」
　……あれっ？
　千春ちゃん、いま声のトーンが少し上がった気がするんだけど。
　気のせい、だよね？
「そこのトップが、お礼をしたいと……」
「トップ……って」
「た、鷹柳さんという方なんですが……」
「……！　愛莉、それは行かなきゃだよ！」
　突然くるりと振り返った千春ちゃんは、私の両肩をガシッとつかんだ。
　ち、千春ちゃん!?
　目が輝いてるけど……。
「ねえ、それは行かなきゃダメだよね？」
　なぜか急にひょろひょろくんの仲間になったように千春ちゃんが、彼に同意を求めた。
　えっ？　えっ？
　追い払ってくれるはずが、なんで彼に協力しちゃってるの？
「えっ……は、はいっ……！」
　明らかに彼の目にも生気が生まれてる。
　さっきまで死にそうな顔してたのに。
　ウソでしょ……？
　"鳳凰"なんて言葉が出たとたん、千春ちゃんは彼にな

びいちゃったんだ。
　そういえば、カフェでも鳳凰がどうのって、目を輝かせて話してたもんね。
　みんな鳳凰っていうのが好きなんだなぁ。
「しょうがないな〜、私もつき合ってあげるから行こう！」
　え？　えぇっ!?
　それ、千春ちゃんが行きたいだけなんじゃ……。
「場所はどこ？」
「案内しますっ」
　連れていかなきゃ大ピンチの彼と、行きたい千春ちゃんの利害は一致して勝手に話を進めている。
「ほら行くよ！」
「えっ、ちょっ……！」
「もたもたしない。待たせちゃ悪いでしょ？」
「やだっ、行かないってば」
　千春ちゃんったらすごい強引。
　それでもなんとか最後の抵抗を試みていると、明るい声が頭上に降ってきた。
「何してんの〜」
　それは南里くんで。
　何か面白いものでも見つけたかのような顔をして、焦る私に視線を注ぐ。
　わわわっ。
「あっ、えっとぉ……」
　できれば知られたくなかったのに。

南里くんまで巻き込んだら、もっと面倒なことになりそうだもん。
「ん〜？」
　次にその視線はひょろひょろくんへ。
「あ、あの……」
　すると、またピシッと背筋を伸ばして恐縮しはじめるひょろひょろくん。
　昨日、翔和さんが現れたときみたいに。
　あれ？
　有名な暴走族に入っていても、南里くんに上から物を言えるわけじゃないんだ。
　そっかあ、南里くんは人気者だもんね。
　暴走族に入ってるとかないとか関係ないんだ。
　男の子の世界にも、よくわからないカーストとかそういうのがあるのかなぁ。
　大変だなぁ……なんて見ていると。
「あー、そっか」
　なんて言って、南里くんが私の手をつかんで歩き出すからびっくりした。
　へっ？
「愛莉、ちょっと来いよ」
「えっ」
　どこへ!?
　何がどうなってるのかわからないけど……。
　とりあえず南里くんについていけば、この状況からは抜

け出せるよね。
　そう思った私は、ひょろひょろくんから逃げるように南里くんのあとを追った。

　階段を下りて歩き続けること数分……。
「南里くんっ、どこ行くの？」
「それは行ってのお楽しみ〜」
　困っている私を助けてくれたのかな？って思ったけど、違うみたい。
　ほんとに目的があるように歩き続けていく南里くん。
　どこに行くんだろう？
　やがてやってきたのは、応接室がずらりと並ぶフロア。
　白百合には、お客様が来たときの応接室が複数ある。
　"あやめ" "ゆり" "つばき" など、行書体で書かれた部屋の名前。それだけで神聖で厳かな場所なんだと思わせる。
　一般の生徒が入っちゃダメってことは百も承知。
「ねっ、ねっ、こんなとこ来ちゃって平気なの？」
　基本生徒は立ち入り禁止区域になっていて、もちろん私だって来たことはない。
「いーのいーの。ちゃんと用事があるんだから」
　なんの用事かな？
　先生が生徒を呼ぶにしても、こんなところは使わないはずなのに。
　すると『あやめ』と書かれたドアの前で、南里くんは足を止めた。

えっ、もしかしてここに入る気？
「ねえ、南里く……」
　──ガラッ！
　私が言い終わらないうちに、南里くんはドアを開けた。
　わっ、勝手に開けちゃっていいの？
　来客中だったりしたら……。
「ちーっす」
　元気のいい南里くんの声をＢＧＭに、見えた中の光景に驚愕した。
　部屋の真ん中に置かれたソファで踏ん反り返っていたのは、銀髪の彼だったから。
　な、なんで!?
　あまりに衝撃すぎて、腰を抜かしそうになる。
　ここ、応接室だよね？
　どうして彼がいるの？
　絶対にいるはずのない人の姿があることに、何がどうなってるのかわからなくてパニック。
「愛莉〜」
　そのとき、追いかけてきた千春ちゃんが追いついて。
「わあっ！」
　同じように中を覗いて、私以上のリアクション。
　後ろにのけぞって、大きい瞳をさらに見開いた。
「遅かったんじゃねえの？」
　ソファから腰を上げた彼は、こっちに向かってゆっくり歩いてきた。

わっ……。
　彼が動くだけで、まわりの空気が引き締まる。
　背は高いし目つきは鋭いし、何よりオーラがすごい。
　初めて、人間に殺気というものを感じる。
　泣く子も黙るって、こういうこと？
　それともうひとり、翔和さんも。まるで番人のようにその脇に立っている。
　……どうして私をこんなところに連れてきたの？
　助けてくれたんだと思ったのに、結局来ちゃったなんて……。
　私が男ギライって知ってるはずなのに。
　南里くんすらもう味方に思えなくて、千春ちゃんの腕をぎゅっと握って背後に回った。
　怖い。ただひたすらに怖いよ。
「アイツじゃ話になんねえわ。だから初めから俺が連れてくるって言っただろ？」
　南里くんがそう言う意味がわからない。
　俺が連れてくる？
　なんの、こと？
「チッ」
　南里くんの言葉に軽く舌打ちした彼は、ドアを閉めるようにジェスチャーした。
　すると南里くんは、私と千春ちゃんを中へ押し込んで。
　──バンッ。
　ドアを閉めてしまった。

へっ？　へっ？
　南里くんていったい……。
「あ、あ、あのぅ……」
　銀髪の彼にチラチラ視線を送りながら、南里くんに説明を求める。
「愛莉ごめん。悪いようにはしないからさ」
　少し困ったような笑いを浮かべる南里くん。
「でっ、でもっ……！」
　顔を前に向ければ、不良がふたり。
　うっ、直視できない。
　もしかして、南里くんは彼らに脅されてたりする……？
「ねえっ、もしかしてここが噂の鳳凰のたまり場なの？」
　ちょ、千春ちゃん!?
　怖いもの知らずというか好奇心旺盛というか。
　私とは対照的に、頬を紅潮させて、もう興奮が止まらない様子。
　私の腕をほどいてどんどん中に入って、部屋の中をぐるりと見回す。
　千春ちゃん行かないでよ〜。
　すると、また別の男の子がむくっと起き上がったのが視界の端に映った。
　きゃっ！
　どうやらソファで寝ていた男の子がいたみたい。
「……るせーなあ」
　気だるそうに起き上がったのは。

カフェでも会った金髪オールバックの彼。
　ひいいいい。
　寝起きでも、昼間見たとおり顔面で人を殺せそうなほどの怖い顔に、ノミの心臓が震え上がる。
「アイツは東雲琥珀。ハクって呼んでやって？　顔面ヤクザだけど、根は悪いヤツじゃないし、そこそこ面白いから」
　南里くんが彼を指さした。
「ハクさんですねっ！」
　千春ちゃんっ!?
　名前で呼べることがうれしいのか、うきうきした声を出す彼女に私はびっくり。
　そもそも、名前で呼ぶほど親しくなるつもりなんてないんだけど……。
「ああっ……？」
　ハクさんは、不機嫌そうに眉をひそめて低い声を放つ。
　ひいっ。
　ほら、めちゃくちゃ睨んでるよ。
　どこが面白いの？
　彼は、私たちと仲よくなるつもりなんてないんだよ〜。
「根はいいヤツってなんだよ。見た目悪いみてえじゃねえか！」
　ドスのきいた声が響き渡る。
「いいと思ってんの？　間違ってねえじゃん。なあ？」
　南里くんに同意を求められても、首を縦に振るなんてできない。

それよりも、南里くんとハクさんの関係は？
　そんなこと言っちゃって、あとあと南里くんの学校生活に危険が及んだりしない？　大丈夫？
「しかもそこそこ面白いってなんだよ、めちゃめちゃって言えよ」
　ええっ？
　突っ込むとこ、そこ!?
　しかも真顔で……。
「で、コイツが鳳凰の総長、鷹柳煌で、そっちが副総長の山下翔和」
　南里くんはそんな圧力をスルーして、視線を移動させる。
「おい無視かよ！」
　そう一言放ったハクさんは、ふてくされたようにまたソファに寝転がった。
「まあ、説明するまでもないと思うけど……って、愛莉には必要か」
　クスクスと笑う南里くん。
　うっ……。
　説明するまでもないって、私は今日の昼間初めて知ったんだけど、さすが南里くんはよくわかってるな。
「よろしく」
　翔和さんは昨日のように、いい人なのか悪い人なのかわからないような笑顔を浮かべる。
「……っ」
　よろしく……？

私はべつに、暴走族の副総長さんとはよろしくなんてしたくないんだけど……。
　でも、この人たちに逆らっちゃいけないのは私にだってわかるし。
「よっ……」
「よろしくお願いします！」
　私の声をかき消すように千春ちゃんが声を張り上げるから、私は横でペコっと頭だけを下げた。
　でも……自己紹介なんていいから、早く要件を済ませてほしいよ。
　改めて、今自分のいる場所をぐるりと見渡した。
　応接室は、学長がこだわって作った部屋だと聞いたことがある。
　……こんな形で、この部屋に入ることになるとは思わなかったな。
　それにしても、応接室まで暴走族に乗っ取られちゃうなんて、悲惨すぎる……。
「昨日は、チームのヤツが世話になったみたいで。悪かったな」
　そんな私の耳に届いた低い声。
　——ドクンッ。
　煌さんが私の目をじっと見ていた。
　その視線に耐えられなくて、サッとそらす。
「……」
　この人が、電話口で『死なせろよ』って言ってた人なの？

こんなふうに素直にお礼を言われると、なんだか体がかゆくなってくるよ。
「い、いえ……」
　ほんとはすごーく怖かったけど、黙っていると睨まれそうだったから、なんとか口にした。
　保健室でのことは……忘れてる？
　きっと手当たり次第に声をかけてるんだろうし、覚えてないよね。なんの特徴もない私のことなんて。
　……そうだ。
　肝心なことを忘れていた。
「えっと……南里くん？」
　どうして南里くんがここにいて、彼らのことを紹介するのかを教えてほしいんだけど……。
「ん？」
　私の視線に意味を察したのか、ひらめいたように顔をパッとさせたあと、少し言いにくそうに口を開いた。
「ごめん愛莉。俺も鳳凰の一員なんだ」
「ひっ……！」
　な、な、南里くんが暴走族のメンバー？
　ウソでしょ!?
　あまりの衝撃に喉の奥が詰まって声が出なくなる。
「黙ってて悪かったな」
　……どうやらウソじゃないみたい。
　社交的でやんちゃだと思っていたら……そんなことにまでなっていたなんて。

確かに、家には改造したバイクが停まっているし、夜遅くにバイクで帰ってくる音も何度も聞いてるけど。
　南里くんには大学生のお兄ちゃん……北斗くんがいるから、てっきり彼のものだとばかり思っていたけど、あれって……。
「夜、バイクの音が聞こえねぇ？」
　やっぱり‼
　びっくりしすぎて、めまいがしそう。
　どうして教えてくれなかったのかな。
　南里くんはメンバーだから、堂々とこの部屋に入れたんだ。
　納得したのと同時に、全身の力が一気に抜ける。
「なんだよ南里、言ってねぇのかよ」
　煌さんが眉をひそめる。
　うわっ、ただでさえ怖いのにそんな顔しないで。
　直視できなくて目をそらす。
「いや、なんつーか、その言いそびれちまって」
　言いそびれるようなこと？
　絶対に言う気なかったでしょ。
　軽く南里くんを睨む。
「愛莉が知らなかったなんてびっくり」
「千春ちゃん知ってたの⁉」
「当然！　鳳凰のトップ４っていったら常識でしょ？」
　トップ４……？
　それはここにいるメンバー？

ぐるりとみんなを見渡し最後に南里くんと目が合うと、バツが悪そうに頭をかいた。
　し、信じられない。
　南里くんが暴走族のメンバー、しかもトップだったなんて。世も末かも……。
「で、何。この子が例の子なわけ？」
「ああ」
　早くしろと言うように言ったハクさんに、翔和さんがうなずいた。
　例の子……って？
「ふーん。だったらいいじゃん。鳳凰の姫ってことにすれば」
　ハクさんの言葉に、私は頭の中がハテナ。
　姫？　何それ？
「えっ、愛莉が鳳凰の姫ですか!?」
　意味がわかっている様子の千春ちゃんの問いかけに、
「それでいんじゃね？」
　ハクさんが軽く吐き出した言葉の意味は、まったくわからないんだけど……。
「やったじゃん！」
「へっ？」
　千春ちゃんは目を輝かせて興奮している。
「姫ってね、チームのみんなから守られるお姫様ってことなんだよ」
「あの……」
「鳳凰にとって、ものすごく大切な存在ってこと！」

「ごめん千春ちゃん、私にはさっぱり意味が……」
　守られるとか大切な存在とか、どういうこと？
　私、この人たちとはなんの関わりもないのに、そんな存在になる意味がわからないよ。
「だから——……」
「いや」
　そこへ、煌さんの低い声が割り込んだ。
「姫にはしない……」
　で、ですよね？
　はぁ……よかった。
　と思ったのも一瞬で。
　艶っぽい唇から衝撃の言葉が放たれた。
「鳳凰のモノじゃなくて、俺だけのモノにするから——」

　——パタン。
　静かに閉まった扉を、私は呆然と見ていることしかできなかった。
　ここには今、私と煌さんのふたりだけ。
『俺だけのモノにするから——』
　そんなことを言ったあと、なぜか。
　翔和さんが、千春ちゃんと南里くんとハクさんを連れて部屋の外に出ていってしまったんだ。
　あの、これは……。
　不本意にも煌さんとふたりきりになってしまい、冷や汗が半端ない。

男ギライの私が、どうしてこんなに怖い人とふたりっきりになってるの？
　いったいこれはどういう状況？
　しかも今、すごいこと言ってたよね。
　鳳凰の姫っていうのもとんでもないけど、その、俺だけのモノ……とかいうのもご遠慮したいんだけど……。
「二宮愛莉」
「は、はいっ」
　いきなり名前を呼ばれて背筋が伸びた。
　フルネームで呼ばれるのって怖い。
　というか、名前がバレてることが恐ろしい。
　個人情報の保護はいったいどうしたの？
「とりあえず座れよ」
　え？　座るの？
　座って話すようなことがあるの？
　でも、ジッと見つめるその目に逆らえるはずもなく。
「し、失礼します……」
　ちょこんと腰かけた。
　見た目が立派なソファは、ちょっとお尻を乗せただけなのに、体が沈み込むほど柔らかかった。
　わっ。さすが学長こだわりの応接室……って、のんきにそんなこと考えてる場合じゃなかった。
「そこ？」
　煌さんは、目の前で首をかしげている。
　そこ、とは？

「こっち」
　煌さんは、自分の隣を手で叩く。
「はい？」
「こっち来いよ」
　……まさか、隣に座れっていうの？
　こんなに無駄にたくさんのスペースがあるのに、どうして隣に。
　でも逆らえるわけもなくて、私はおずおずと反対側へ回り込み、
「失礼します」
　煌さんの隣にちょこんと腰かけると、彼は満足そうに口元を緩めた。
　けど、その顔はすぐに陰りを見せる。
「俺のこと知らなかったとか、傷ついた」
　き、傷ついた？
　暴走族の総長ともあろう人が、私ごときに名前を知られてなくて傷つくの？
　こんなにメンタル弱くて大丈夫？
「でもいいよ。これから俺のことを知ってくれたら」
　そう言って、グッと顔を寄せてきた。
　……！
　鼻と鼻が今にもぶつかりそうな距離に、息が止まりそうになる。
「あ、あああ……あの……」
　隣に座ってることだけでも精一杯なのに、もう余裕がな

くて体が硬直。
　金魚みたいに、口をパクパクさせた私に。
「そのうち、誰よりも俺のことを知るようになるから」
　不敵な笑みを見せる。
　え？　何？　どういうこと？
　私が一番彼を知るって……そんなのありえないよ。
　だって、もう関わりたくないんだから。
　目を白黒させている私を見て笑う彼の顔は、暴走族の総長だなんて片鱗(へんりん)もない。
　なんだか、さっきまでの態度とまるで違って調子が狂っちゃう。
　みんなといるときは、殺気だらけだったのに。
「あ、あの……どうして、私……」
　その殺気が取り払われた分、少しはまともに話ができるようになっていた。
　でも、なんですか？って最後まで言えない。
「どうしてって？」
　不意に、腕をつかまれた。
　ひいっ……！
「そんなに怖がんなよ」
「あの、私っ……」
　ぞわぞわと何かが込み上げてくる。
「そっか、男ギライなのか。南里が言ってた」
　うんうんっ。
　知ってるなら、今すぐこの手を放して……っ。

「心配すんなって、そんなのすぐに俺が治してやるから」
　軽く笑った煌さんは、つかんだ腕をさらに自分のほうに引き寄せた。
　ええっ!?
　顔がさらに近づいて、無意識に下を向く。
　む、無理っ……！
「キライだと思って避け続けてたら、一生治んねぇよ？」
「あのっ……と、とくに治したいとか思ってないんで……」
「ダメ。困るから」
「いえ、困りませ——」
「俺が」
　思わず隣に顔を振った。
　俺が？
　どうして煌さんが困るの？
　そんな無言の問いかけに、ためらいもなく彼は答える。
「好きだから、愛莉のことが」
「……」
　フリーズしてしまう私。
　好き……。
　好きって、なんだっけ。
「えっと、ちょっと意味が……」
　その意味すらわからない私の頭は、完全におかしくなっちゃったのかも。
　首をかしげて引き気味の体勢になると、それを許さないかのようにつかんだ手を引っ張られた。

そして、もう一度。
「わかんないの？　だから言ってんじゃん、愛莉のことが好きだって」
　——ドクンッ。
　心拍数が今までにないくらい急上昇する。
　ブスと言われたことはあるけど、好きなんて言われたのは生まれて初めてで、どうしていいのか体が困ってるんだ。
「まだ、俺の彼女になる気ない？」
　か、彼女って。
　じゃあ昨日のあれは、ちゃんと私だと認識して言ってたってこと……？
　それでも、私の答えは変わるわけない。
「な、なりませんっ……」
「ふっ、ずいぶん強情だな。まあ、すぐに男に靡かないとこはキライじゃないけど」
　どうして私なの？
　だって話したこともないんだよ？
　いやいや、騙されてるだけだ。
　昨日の今日、いや、昨日の昨日でそんなこと言ってきた彼の言葉を信じちゃいけない。
　こうやって、誰でも構わず目に入った女の子に手を出して……。
　うん。不良さんたちのやりそうなこと。
　罰ゲームか何か……？
　悶々と考えていると、ふわあ……と、煌さんがあくびを

した。
　総長と呼ばれるような人もあくびなんてするんだ……って当然か。
　同じ人間だもんね。
「……ねみぃ……」
　小さく漏れる声。
「昨日遅くまで走ってたからほとんど寝てねぇんだ」
「……はぁ……部活か何か……ですか？」
　運動部はとにかく走らされるもんね。
　野球部もサッカー部もバスケ部も、やたら走ってる気がする。
　家に帰っても、自主練ってやつなのかな？
「は？」
「え？」
　鋭い目が丸く見開かれる。
　話、かみ合ってない？
「走ってた……んですよね？」
「ブッ」
　煌さんが噴き出した。
　その顔も、ギャップがありすぎて思わずドキッとした。
　だって、キリッと緊張感を持ってたパーツがいきなり緩むんだもん……。
「走ってたって意味わかってる？　バイクで、だけど」
「あっ！」
　思わずパチンと手を叩いた。

そうだ。
　煌さんは暴走族、なんだよね?
　暴走族が走るといえば、バイクか。
「ほんっと面白れぇ」
　クックッと笑う煌さん。
　わわわ。
　なんだか無知な自分が恥ずかしい。
「あっ……じゃあ、私はこれで……」
　退散するのでゆっくり寝てください。
　私も早くここから出ていきたいし……。
　と、腰を上げると。
「きゃっ!」
　腕を引っ張られて、体がソファに沈み込んだ。
　ふかふかなその生地は、必要以上に私を深く沈めて。
「なに勝手に離れようとしてんの?」
　煌さんの両腕にがっちりホールドされ、耳元でそうささやかれた。
「……っ」
「逃がさねぇよ?」
　ち、近いっ……!
「いてよ、そばに」
　今度は逆に、甘えたような拗ねた声で。
　あああああのぅ……。
　背もたれに体をつけたままの状態で動けない私。
　ほのかにいい香りが鼻をかすめる。

煌さんの冷たい指が、頬に触れる……。
　——ドキドキドキ……。
　こんなの、調子狂っちゃうよ。
　この人、ほんとに暴走族なの？
　こんな繊細な指して……。
　暴走族ってもっとこう……肉体的にもごつごつして男くささあふれるようなイメージだった。
　想像と全然違うよ。
　すると煌さんは体勢を変えて。
　私の太ももの上に頭を乗せた。
「……っ」
　声が漏れそうになって、慌てて口を手で押さえる。
　ひ、膝枕!?
　まさかこの体勢で寝るっていうんじゃ……。
　視線を落とすと、上を向いたまますでに瞳を閉じている。
　鼻は高く、小さい唇は軽く閉じられていて。
　その口からはスースーと寝息まで聞こえてきた。
「ええっ……！」
　もう寝ちゃったの？
「あの……あの……」
　声をかけながら小さく足を揺さぶってみるけど、何も反応はなく。
　……どうしよう。
　残されたこの部屋で、私はひとり途方に暮れていた。

## きみは俺のモノ。

　翌日。
　私はドキドキしながら登校した。
　昨日はあれから煌さんが本気で寝ちゃうから、そーっとあの部屋を出てきたんだ。
　だって、私することがないから。
　あのソファは陽が当たって暖かく、うっかりすると私まで寝そうで危なかった。
　膝に男の子を乗せた状態で、そんなふうになる自分にびっくり。
　動いた瞬間また腕でもつかまれるかと思ったけど、本気で寝ていたみたいで、そのままソファに体を沈めてすやすやと眠り続けていた。
　でも、よく考えたらものすごく恐ろしくて、生きた心地がしない。
　どうして帰ったんだ！とか言って今日襲撃してきたりしないよね……？
「おっす！」
　声をかけられてビクンッと肩が跳ねた。
「俺だよ俺ー」
　そう言って笑うのは南里くん。
「なんだ、南里くんか」
「おいおい、なんだとはなんだよ〜地味に傷つくな〜」

よかった……でもよくない。
　南里くんが暴走族のメンバーで、そのトップとかまだ理解できないんだから。
　しかも、昨日私をあそこへ連れていった挙句、ひとり残して出ていっちゃったし。
　これは怒ってもいいよね？
「……南里くんひどい」
「ははっ、そう怒るなってー」
　拗ねてる私を見ながら、笑って大丈夫だった？なんて聞いてくる。
「……なんで言ってくれなかったの？」
　言いそびれたとか絶対ウソだよ。
「んー？　だってさぁほら〜いろいろとさぁ〜」
　なんてのんきに明後日の方向を見ている。
　南里くんって、こういうとこあるんだ。
　16年幼なじみをやってても、なんかつかめないの。
「あのバイクも、てっきり北斗くんのものかと思ってた」
「兄貴があんなの乗るわけないだろ？　真面目すぎて面白くもねー兄貴が」
「面白くないは否定するけど、確かにわかるかも」
　北斗くんは南里くんと真逆で、小さいころから真面目な慎重派だった。
　今は有名大学に通って、薬剤師を目指している。
　言われてみればそうだよね、うん。
「それにしてもだよ。お隣さんなのに全然知らなかった」

「愛莉って極度の男ギライなわけじゃん？　俺が暴走族に入ったなんて言ったら愛莉に──」
「きゃあああああああー！」
　そのとき、話を割くように、廊下からものすごい悲鳴が聞こえてきた。
　何事!?
　私と南里くんも無言で目を合わせて、すぐに廊下へ飛び出した。
　そこはもうすでにすごい人だかり。
　背の低い私は、何が起きてるのかまったくわからない。
　朝からいったいなんの騒ぎだろう。
「きゃあああ〜〜〜」
「ちょっとぉぉぉ!!」
　悲鳴というより、黄色い声……？
　その声は強くなる一方で、人波もそれによってこっちへ押し寄せてくる。
　サッと開けた視界。そこに見えたものは。
「ぎゃっ！」
　ウソでしょ。
　あのトリプルカラーの頭は。
　……煌さん、翔和さん、ハクさんの３人に間違いない。
　うわああぁ。もう来たぁ……。
　朝一で来るなんて想定外だよっ。
　だって、暴走族が遅刻もせずに登校するなんて考えないもん。

来てもお昼休みくらいかなって油断してた。
　3人はまわりの声にはオール無視で、颯爽と歩き続ける。
　背が高く、堂々とただ前だけを見て歩く姿はまるで映画のワンシーンみたい。
　って、悠長に見てる場合じゃないよね。
　ひとまず逃げなきゃ。
　私は慌てて教室に身を隠した。
「千春ちゃん、かくまって！」
「えっ、何？　どうしたの？」
　千春ちゃんには昨日の夜、あのあとあったことと私の心配ごとを電話で伝えていた。
「もう来ちゃったのぉっ！」
「えっ!?　マジで？」
　泣きそうな私とは反対に、その声はどこかうれしそう。
　も～、千春ちゃんったら！
　私が怖い目に遭うのを心配してくれるよりも、鳳凰メンバーに会えてうれしいのがまるわかり。
「観念しなさいって」
　もう味方なのか敵なのかわかんないよ。
　思ったとおり、3人はこのクラスに入ってきた。
　シーンと静まり返る教室。
　いつもは調子に乗って女の子を口説いている男の子たちも、壁に体をつけ、黙ってそれを目で追っている。
　このオーラじゃそうなるよね。
　鋭い眼光。

クラスメイトを一瞥するようなそんな６つの瞳に、クラスメイトたちも恐れをなしているよう。
　もちろん私もそのひとりで。
　千春ちゃんを盾にしてそーっと覗く。
「どこ？」
　低く放った煌さんに、翔和さんがあるひとつの席を案内すると、バンッ……とカバンを机に置いた。
　え、まさか。
　続けて、ハクさんもまた別の席にカバンを置くと、
「チョーだりい」
　なんて言いながら、乱暴にイスを引いてドカッと座る。
　もしかして。もしかしてだけど……。
「あの人たち……うちのクラスなの……？」
「みたいだねっ！　どうしよう!!」
　千春ちゃんは体温が軽く３度くらい上がったかのように頬を染めて喜んでいるけど、私は頭がクラクラした。
　こんなことってあるの!?
　空いてた３つの席が、彼らのものだったなんて……。
　煌さんは、自分の席の場所に不満そう。
　それも当然。
　教卓の目の前だもんね。
　すると何を思ったか、またカバンを手に取った彼は教室内を一望し。
　私を見つけ、視線を止めた。
　わっ、見つかっちゃった。

うっかり油断してた!!
　煌さんは、そのまままっすぐこちらに向かって歩いてくると。
「どけよ」
　私の隣の席の男の子にそう告げた。
「えっ……」
　黒羽の男の子は不良ばっかりでもない。
　隣の男の子みたいに大人しい人ももちろんいる。
　だから、私は何かと過ごしやすかったんだけど……。
「……早く」
「は、はいっ」
　隣の男の子は、机の中身をひっかき出してカバンを取ると、そそくさと煌さんがさっきいた席に向かった。
　ヘ？
　これはいったい。
「俺たち隣みたいだな」
　煌さんが、私に向かって言う。
「……え」
　みたいな……って。
　今、明らかに自分で操作しましたよね？
「ってことでよろしく」
　そう言うと、ハクさんに負けないような音を立ててイスを引いて座った。
「出た、鷹柳ルール」
「は？　うるせーよ」

ははっと笑う南里くんに、うるさそうな流し目を見せる煌さん。
「愛莉覚えとけよ。煌が言ったら絶対っていうルール。逆らったら……なあ？」
「てめえ、余計なこと言ってんじゃねえよ」
「歴代鳳凰の中でもトップって言われてる総長だからな。愛莉、気をつけな」
「おい」
　それでも皮肉る南里くんを睨みつける煌さん。
　ひゃっ。
　自分に向けられてるわけじゃないのに、心臓が震え上がるかと思った。
　ほんとにこの人、昨日私の膝の上で寝た人……？
　こうしてると、暴走族の総長って言われても納得できる気がするけど、昨日の彼とは雰囲気が全然違う。
「ほらほら、こえーだろ？」
　もちろん今はとっても怖い……けど、うなずけるわけないよ。
　鷹柳ルールって。
　彼が言ったら絶対なのかな。
　あ、カフェで見たあれもそうなのかな。
　並ばなくても順番が来るやつ。
　あれを見たら鳳凰ってチームのすごさはわかったけど。
　煌さんて、そんなにすごい人なの……？
　チャイムが鳴り、みんなが席につく。

仕方なく私も自分の席へ。
　でも、隣からの圧が半端ない。
　隣が煌さんだなんて、これから落ちついて授業を受けられるかな。不安でたまらないよ……。

　休み時間のたびに、いろんなクラスから鳳凰トップを見物にやってくる人が後を絶たなかった。
　女の子も男の子も。
　それでも話しかけるわけじゃなく、遠巻きに見ているだけ。
　気やすく話しかけられる人じゃないってことがそれだけでわかる。
「ところでさ、煌さんに惚れられるとか、愛莉いったい何したの？」
　疑いのまなざしを向けてくる千春ちゃん。
「な、何もしてないよ！」
「何もしないでこれって、一生分の運を使い果たしたくらいラッキーなことじゃん！　まあ……愛梨にとっては災難だろうけど」
「うっ……。でも、ほんとにわかんないんだってばぁ」
　やっぱり罰ゲームなんじゃないかな。
　男ギライな私に神様が与えた罰ゲーム。
　って、そんなことあるわけないよね。
　ほんとになんなんだろう。
「じゃあこの際おとなしく、煌さんに男ギライを治しても

らいなよ。昔のことに縛られていつまでも彼氏できなかったら、さみしいでしょ？」
「千春ちゃん!!」
　千春ちゃんまで煌さんと同じこと言わないでよ〜。
　無理なのに！
　そんなの絶対に無理だし嫌なのに！
「相手が煌さんなんて文句ないでしょ。てか贅沢すぎるよ」
　文句ありすぎるでしょ！
　だってあんなに怖いんだよ!?
「だったら変わってよぉ……」
「変われるもんなら変わりたいよ！　でも、私どっちかって言ったらハクさんに憧れてるんだよね〜、あのワイルドで野生的な感じにそそられちゃう〜」
「……」
「でも、翔和さんの紳士的雰囲気にも惹かれるんだよね〜。暴走族なんてやってなさそうなギャップ、よくない？」
　は、はあ……。
「ねえ、聞いてる？」
「き、聞いてるよっ」
　ふられたって私には同意できないことだらけで。
　苦笑いを返すので精いっぱいだった。


　３時間目が終わったときだった。
「もう無理」
　そんな言葉が隣から聞こえてきたのは。

……ここにいるのもいよいよギブアップかな?
　そりゃあ、ずっと授業をサボっていた人が1時間目からずっと教室にいるのはさぞかし大変だよね。
　いちおう、寝ないで授業に参加してるみたいだし。
　それだけでもすごいと思う。
「限界だわ」
　後ろの席の南里くんにでも話をしてるんだと思っていたから、私は次の授業の準備を進めていたんだけど。
「ねえ、聞いてんの?」
　その声がストレートに飛んできたような気がして、思わず顔を上げる。
　すると、それは間違いなく私に向かっていた。
　え? 私?
　今の私に言ってたの?
　きょとんとしてその顔を見返すと。
「愛莉、行くよ」
　煌さんは立ち上がって私の手をつかんだ。
　ちょっ、行くよって?
「ま、待って! 行くって……どこにですか?」
　面食らう私に。
「あやめ」
　間髪入れずに当たり前のように返ってきたのは、あの恐ろしい場所。
　もう二度と行くことなんてない……行きたくない場所だった。

「あ、あの、次も授業あるので……」
　当たり前のことを、やんわりと伝えると。
「いいだろ。サボれよ」
　軽く言うけど、白百合は進学校。
　サボるなんて言語道断だよ。
　って、黒羽の男の子には通用しないよね。
「えっと……私、授業は真面目に出たいんです……」
　逆らっちゃいけないってさっき聞いたばかりだけど、こればっかりはどうしようもない。
　今までしっかり真面目にやってきて、成績だって上位をキープしているし、サボるなんて汚点つけたくない。
　サボりたければひとりで行ってよ〜。
　私を巻き込まないで〜。
　心の中で必死に祈り続ける。
「でも俺、ねみぃんだよ」
　それと、私にどう関係が……。
「愛莉の膝枕じゃないと眠れないから」
　は、はいいぃぃっ!?
「昨日、超気持ちよかったんだよ。だから、来て」
「ちょっ……」
　気持ちよかったなんて、そんなの知らないよっ。
「行ってら〜」
　会話を聞いていた南里くんが、後ろからのんきに手を振ってくる。
　そんなことしてないで止めてよ！

眉をひそめて煌さんにバレないように、彼を軽く睨んでみるけど。
「愛莉だって、保健室でよくサボってただろ」
「あれはっ……」
　黒羽と合併して以降、頭痛がひどくてどうしようもなくて……って。
　待って。
　"よくサボってた"……？
　確かに何度か保健室で休むことはあったけど。
　じゃあ、私と会ったのはあの日が初めてじゃないってこと……？
　煌さんは、私を知ってたの？
「えっ……」
　驚きを隠せずに動揺すると、クスクスと笑う煌さん。
　その表情はなんだか妖艶で、ゾクッとする。
「わ〜、煌さんが笑ってる！」
「やだ！　めっちゃレアじゃん！」
「いいな〜私も煌さんと話したい」
　背後から聞こえてくるのはそんな声。
　当の煌さんの耳にはまるで入ってないようで、そっちに視線を動かすこともない。
「な、南里くんもなんか言ってよっ」
　このままじゃ、ほんとにサボるのにつき合わされちゃう。
　けれどそんな助けもガン無視で、面白そうに笑ってる南里くん。

む〜っ。笑いながら傍観してるなんて卑怯だよ。
　じゃあ最後の砦と思って千春ちゃんを探すけど……トイレにでも行っているのか姿が見えない。
　も〜、肝心なときにどうしていないの。
「いいから行くよ」
「ちょっ、えっ……！」
　味方のいない私には逃れるすべなんてなくて、簡単に腕を取られ、そのまま教室から連れ出されてしまった。

　そしてほんとにやってきてしまいました。
　あやめ、２回目。
　ここへ来るまでずっと腕をつかまれたままで、部屋に入ってようやく離された。
　昨日はそんなに余裕がなかったけど、改めて部屋の中をぐるりと見渡す。
　テレビに冷蔵庫、雑誌やマンガ、それからお菓子まで。
　ポットもあり、カップラーメンを食べた跡もある。
　応接室……のかけらもなく、いかにも高校生男子の憩いの場……という感じ。
　これじゃあ１日ここで過ごせるよね。
「突っ立ってないでこっち来いよ」
　ハッ！
　観察してる場合じゃなかった。
　すでに煌さんはソファで踏ん反り返っていて、そんな私をおかしそうな目で見ていた。

「座れよ」
「は、はい……」
　どこに……?
　まさか、とは思うけど。
「愛莉はここだろ」
　自分の隣を軽く叩く煌さん。
「……」
　やっぱり。
　なんとなく予感はしてたけど、今日もそこに座らなきゃダメなのかな。
　他にも座るスペースはあるのに。
　"逆らったらどうなるか"
　南里くんの言葉が脅しのようによみがえる。
「……はい」
　ちょこんと腰かけると、不意に手を取られた。
「どう?　俺のこと好きになった?」
「えっ……」
　顔をグッと寄せてかけられた言葉に絶句。
　どれだけ気が短いの?
　昨日の今日でそんな簡単に好きになるわけないのに。
　ていうか、好きになる可能性だってないのに。
「どう?」
「な、なってませんっ……」
　せかす言葉に慌てて口を開けば。
「なんだ、残念」

ほんとに残念そうな顔をして見せた彼は、ふっと軽く息を吐くと表情を一変させた。
　何かを企んでいるような、怪しい瞳。
「昨日、なんで帰ったんだよ」
　──ドキッ。
　やっぱり言われた！
　しかもふたりきりのときに。
　どどど、どうしよう……！
「あの、そ、それは……」
　汗がぶわっと吹き出てくる。
「ひとりで放置されて、風邪ひいたかも」
　そして、ゴホンゴホンッ……と咳をする。
　……！
　何、そのわざとらしいの！
　朝から今の今まで咳ひとつしなくて元気だったよね!?
「なあ、どうしてくれんの？」
　ずいっとさらに接近する顔面。
　ち、近い。
　だから近いってば……！
「いや、その……」
　今まではここでひとりで寝てたんじゃないですか？
　それで風邪ひきましたか？
　……とは言えず、視線を泳がせると。
「ひゃっ」
　顎をつかまれ、有無を言わせず瞳に煌さんが映り込む。

「ねえ」
　グイッと覗き込まれたこの瞳に、逆らえる人はいるのかなぁ。
　少なくとも……。
「ご、ごめんなさいっ……」
　私には無理だった。
「素直だな」
　また、ふっと表情を緩める煌さん。
　こうやって表情を緩めれば、少しは警戒心もほどけるのに、教室ではずっとムスッとしているのをもったいないなぁなんて思う。
「それより……いつまで敬語なの？」
「え？」
「すっげー他人行儀じゃねぇ？」
　他人行儀というか。
　他人ですけど……。
　このままずーっと他人でいいですけど。
「南里ばっかずりぃ」
「へっ？」
「"南里くん"って呼ばれてる」
　ず、ずるいって。
　その顔面から言わなそうな言葉が飛び出し、思わず目を丸くした。
　人前での煌さんと、ここでの煌さんは別人のような気がする……。

ほんとの彼はどっちなんだろう。
「煌って呼んでよ」
　拗ねたような甘い声。
　耳元でささやかれたそれに、体がおかしな反応をする。
　なんだか、くすぐったい……。
　男の子って、乱暴で野蛮で……そう、暴走族の総長なんてその代表みたいなのに、彼を見ているとよくわからなくなってくる。
「やっぱ、"煌くん"って呼べよ。そのほうが甘えられてるみたいでうれしい」
　あ、甘え……？
　甘えるつもりなんてまったくないのに。
「早く」
　って言われても、恥ずかしくて無理だよ。
　もじもじしていると、とんでもない指令が下された。
「5秒以内に言わなかったらキスする。3、2……」
　っ……!?
　それは大変!!
「こ、こうっ……くん……」
　はぁーびっくりしたぁ。
　しかも、5秒とか猶予作っておきながらカウントダウン3秒からだったよね？
　せめて言ったことは守ってほしいよ。
　どっちにしてもキスされたらたまらない。
　キスなんてウソだろうけど、念には念を入れたら意外と

呼べてしまった。
　荒療治ってこういうことかな。
　でも体は燃えるように熱くて恥ずかしいよ。
　南里くん以外、名前で呼んだことなんてないんだから。
　……あれ？
　指示どおり呼んだのに、不満そうなのは気のせい？
　彼はニコリともせず、むしろ不満げ。
　すると、
　──ちゅっ。
　そんな音とともに、おでこに柔らかく温かい感触がやってきて……。
「……！」
　こ、これはっ……！
　今、おでこに触れたものは……!!
「ひゃあっ！」
　心構えもできてなかったせいか、本気で叫んでしまう。
　え？　何？　今のキス？
　言われたとおりにしたのになんでキスするの……！
　無警戒だったし、よける暇もなくてまともにそれを受けてしまい、いま体中には鳥肌が立っている。
　そんな私を見ても、彼は顔色ひとつ変えず。
「……なんかムカつく」
　煌……くんは、私の膝の上に寝転ぶと、あっという間にすやすやと寝息を立てて。
　今日も夢の世界へ飛び立っていったのでした。

♡溺愛2♡

## 拷問<ruby>体力測定</ruby>。

「愛莉っ！ 愛莉っ！」

　翌朝、私はお母さんの叫び声で目が覚めた。

　……ハッ！

　もしかして寝過ごした？

　一瞬で夢の中から目覚め、布団をはぐけど……。

「なんだぁ……まだ大丈夫じゃん、ふわぁ……」

　見えた時計の針は、まだまだ余裕の時間をさしている。

　私、寝起き悪いんだ。

　遅刻じゃないとわかったとたん、一気にまた睡眠モードへ。

「何のんきなこと言ってるの！ 大変なのよ‼」

　と思ったけど、お母さんの声がうるさくて寝ていられない。

「Gでも出たの？ ふわぁ……」

　お母さんの大変は、イケメン芸能人の熱愛報道とか、ゴキブリ（通称G）が出たとかそのくらい。

　私にとっては大したことじゃないから、慌てることでもないと思っていると。

「あなたいつの間に彼氏ができたの！ しかもあんなイケメン！」

　……ん？

「今来てるのよ、愛莉のこと迎えに来たって！」

「えええっ!?」
　冗談にしては笑えないことをお母さんが言うものだから、今度こそ叫んで飛び上がった。
　彼氏って……まさか。
　私は彼女になった覚えなんかないけど、身に覚えがありすぎて。
「髪が今風にカッコよく染まってて、顔なんてこーんなに小さくて、目も鼻も口もそれは整ってて、その辺の芸能人になんて負けないくらいのイケメンが！」
　間違いない。
　絶対に"あの人"だ……!!
　内容からしてもう冗談だとは思えず、慌てて制服に袖を通し、階段を駆け下りる。
　顔を洗って髪をとかして。
　そろりとリビングへ入ると。
「愛莉、おはよ」
　ソファに座りながら、悠長にコーヒーをすする煌くんの姿があった。
　わっ！　ほんとにいる。
　いると心構えはできていても、目にしたときの衝撃はまた半端ない。
「何もお構いできなくてすみませんね〜」
「とんでもないです」
　いつもは緩いネクタイがきっちり締められていて、制服もビシッと着ている姿になぜかドキッとした。

とてもじゃないけど、暴走族の総長だなんてお母さんは夢にも思ってないだろう。
「こーんな素敵な人が愛莉の彼氏だなんて、おほほほ〜」
「お母さんっ!?」
「ほら、愛莉早く食べちゃいなさい。待たせちゃ悪いでしょ！」
「いえいえ大丈夫ですよ。愛莉、ゆっくり食べて大丈夫だからね」
　そこへ煌くんが会話に割り込んできてニコッと笑う。
　紳士的な対応に、ドキッとした。
　自由人な煌くんも、一応人の親には常識的な態度が取れるんだ……。
「ま〜、なんて優しいの？　愛莉にはほんともったいないくらい素敵な人で……」
　涙まで浮かべちゃって……。
　お母さん、完全に騙されてるよ。
　あのね、この人は学校を仕切っている最強暴走族の総長でね……って言いたいことは山のようにあるけど。
　とりあえず私は無言を貫いて、まったく味のわからない朝食をとった。
　食べながらもチラチラ視線を注いでしまう。
　いったい、何で来たの？
　まさか、朝から爆音を立ててバイクで来たとか……？
　……恐ろしい。
「……行ってきます」

「では、行ってきます」
　朝ご飯を食べて歯磨きを終えたあと、お母さんに見送られながら煌くんとそろって玄関を出る。
「行ってらっしゃ〜い、おほほほ」
　お母さんてば、終始テンションが上がりっぱなし。
　なんでこんなことになってるんだろう。
　まだ寝ぼけてるのかな。
　自分でもイマイチよくわからないよ。
　すると、外へ出てまたびっくりした。
「あ、あの……これは……」
「うちの車。送ってくから乗って」
　そこには黒塗りの高級車が停まっていて、運転席から男の人がサッと降りると後部座席のドアを開けたのだ。
　まるでお嬢様にでもなったような待遇……って！
　うちの車!?
　煌くんって何者!?
　まさか車で来たとは思わなくて、違う意味でびっくりした。
「ほら、乗って」
　煌くんに誘導されるがまま乗り込むと、当然のように煌くんも続いて乗り。
　高級そうな黒革のシートから窓の外に目を向ければ。
　笑顔のお母さんの手は、まるで貴族にでもなったような振り方。
　……人相まで変わってるよ。

「出して」
　煌くんの合図で発車する車。
　運転手さんは、細身の黒いスーツを着た身なりのきちんとした人。
　この人も、鳳凰の一員だったりするのかな。
　……暴走族なんて、高校生の遊びじゃないの？
　家を少し離れると、煌くんは演技が終わった役者のように態度を切り替えた。
　いつものように黒いオーラを放ち、シートに深く背をつけ、きっちり締められたネクタイを左右に振りながら──シュル……っと緩めた。
　……っ。
　その姿があまりにも妖艶すぎて、目をそらしてしまった。
　……なんだか、ドキドキする……。
「って、あのっ……なんなんですかこれは……」
　そんな場合じゃなかった。
　こんなの一言も聞いてなかったし、突然家に来られても困るって。
　ぜったい寿命も縮まった。
　お母さんは、煌くんがどこかの御曹司だとでも思ったんだろうな。
　合併した男子校が、不良校なんて夢にも思ってないもん。
　あの白百合と合併するくらいだから、もちろんお坊ちゃんの集まりなんでしょ？なんて、のんきなことを言っていたし。

南里くんがいるからなおさら。
「何って、愛莉を迎えに来たんだよ」
　シレっと言うけど……。
「……こんなことやめてください」
「どうして？」
「どうして……って。学校は……電車でいつも行ってるので……」
「俺は愛莉と行きたかったんだよ」
　煌くんは、また甘えたような声を出して私の髪をすくうと、毛束を指に絡めくるくると回す。
　えーっと。
　今日も話が通じないみたい。
　いじられる髪をそのままに、私は密かに肩を落とした。
　それにしても、よくお母さんは初対面の煌くんを家に入れたなぁ。
　しかも、"彼氏"……って言ってたけど。
「あ、あの……お母さんには、なんて言ったんですか？」
　諦めて質問を変える。
「彼氏だって言った」
　うわ、ほんとにそう言ったんだ……！
「いずれそうなるんだからいいだろ？」
　そうもつけ加えて。
「いずれって……」
　私がいつ、つき合うって言ったんだろう。
　煌くんは、よく言えばマイペース。

悪く言えば自分勝手だ。
「お母さん、すごく楽しくていい人だな。初対面の俺にもすごくよくしてくれたよ」
「は、はぁ……」
　お母さんだからまだよかったものの、お父さんだったら大変——。
「親父さんもおおらかでいい人だな」
「ええっ!?　お父さんにも会ったんですか？」
「ああ。俺が来たときに入れ替わりで出ていった」
「……」
　おおらかでいい人って。
　信じられない。
「愛莉をよろしくお願いします、だって」
　ウソだウソだ！
　小さいころから私に過保護で、彼氏なんて連れてきたらぶん殴られちゃうんじゃないかってお母さんが言ってて、結婚するのも大変だろうねなんて昔から脅されていた。
　男ギライなことをお父さんは喜んでたのに。
「だから明日からも一緒に登校する」
「ええっ？」
「もう決めたから」
　決めた……って。
　そこに私の意志を汲んでくれたりしないのかな。
「親父さんに頼まれちゃあ、な」
　不敵に口角を上げ、勝ち誇ったように言う。

「もちろん帰りもな」
　か、帰りもっ？
「いいよな」
　……汲んでくれないみたい。
　聞いてくれてるようで、そこにはノーなんて選択肢はないんだろうから。
「男に二言はないからな」
　ニヤリと笑う煌くん。
　う～っ、お父さんまで味方につけたような顔して……。
「てことで、これから朝は今日の時間に迎えに行くから」
　そう言って、私の肩に手が回された。
　ふわりと漂う甘くていい香り。
　こうしていると、彼が暴走族の総長だなんてことを忘れちゃいそう。
　優しいのか、そうじゃないのか。
　こんなの嫌でたまらないのに……不覚にも、胸がドキドキしてしまった。

「朝からそんな疲れた顔してどうしたの？」
　登校するなり、千春ちゃんから鋭い指摘が入った。
　ほんとそのとおり、すでに１日駆け抜けたかのように体は疲れきっていた。
　きっと私、今ものすごいげっそりしてるんだろうなぁ。
「あのね……」
　わけを話すと、千春ちゃんはニヤリと笑う。

「狙った獲物は逃がさないって感じだね。さすが鳳凰の総長」
　獲物!?
　私獲物なの!?
　物騒な言葉に身震いする。
「ここまで来たら愛莉も大人しく諦めなさい！」
「千春ちゃ〜ん!!」
　そんなのひどいよ〜。
「普通は願ってもない待遇なんだからね！」
「そんなぁ」
　だとしても、私は全力で嫌なのに……。
　まるで私が普通じゃないみたいな言い方にもグサッとくるよ。
「それより、早く私たちもジャージに着替えてこなきゃ！」
　千春ちゃんにせかされてハッとする。
　そうだ。
　今日は体力測定の日で、１時間目から体育館に集合なのだ。
　今までは女子だけだから教室で着替えができていたのに、共学になったことで更衣室まで行かなきゃいけなくなってしまった。
　……あとから入ってきた男子が行けばいいのに。
　なんて不満を抱きながら、グレーのジャージを持って、千春ちゃんと一緒に更衣室へ向かった。

着替えを終えて体育館へ行くと、もう大半の生徒が集まっていた。
　２クラス分の男女が集まっているため、いつもよりも人口密度が高い。
　初めての男女合同での体育。
　女の子も男の子も心なしかうきうきしているように見えるのは気のせい？
　こんなに男の子がいる中での授業なんて気が重いなぁ。
　なぜなら、体力測定はふたり１組で行われるんだけど、そのペアが男女だから。
『せっかく共学になったんだから、お互い仲よくなれるといいわね。ふふふ〜』
　という、体育の先生の意味のわからない企みのせいで。
　もうほんと、頭いたい……。
　ペアはあらかじめクジで決まっていて、私は井上(いのうえ)くんという人とペアになっていた。
　隣のクラスの男の子だから、井上くんがどんな人かわからずドキドキ。
　怖い人じゃないといいな。
　……って、煌くんより怖い人はいないか。
「はーい、じゃあペアになってー」
　先生の声でみんながぞろぞろと動き出した。
　ジャージの胸に縫いつけられた名前を頼りに、みんなは相手を探していく。
　私も同じように井上くんを探す。

えーっと、井上くん……井上くん……。
　きっと、相手も私を探してくれているはずだよね？　だとすれば、すぐに見つかるはず。
「よろしくな！」
「よろしくねっ」
　まわりはどんどんペアになっていく。
　緊張した声に、はにかむ顔。
　それを横目に探して歩くけど、いっこうに井上くんは見つからない。
「みんなペアになったかしらー。じゃあまずは柔軟体操するわよー。女子からねー。前屈やって、続いて開脚！」
　先生の合図で女の子が足を伸ばして座り、男の子が背中を押していく。
　って。
　え？　え？　井上くんは？
　私だけがまだペアになれず、うろうろしていた。
　でもみんなペアで座っているから、井上くんはいないってこと？
　休みなのかな。
　どうしよう……。
　仕方がないから体育館の隅っこに座り、ひとりで前屈を始めた。
　このほうが気が楽だ。
　そもそも、こんなの押してもらわなくたってできるのに、押してもらう意味がわからないよね。

「いったぁ〜い」
「わー。もうムリ〜」
「きゃあ〜、もっと優しくして〜」
　ええっ!?
　いつもはバリバリ運動している子たちが、顔を歪(ゆが)めたりつらそうにしていてギョッとする。
　去年なんて、みんな好成績を残したくて真剣だったのに。
　もしかして、か弱いアピールかな？
　それに対して『仕方ねぇなぁ』って顔でハハハと笑う男の子。
　ははっ、ははっ。
　なんだか冷めた目で見ちゃう。
　男の子がいると、やっぱり女の子は変わるんだなぁ。
　開脚も終わり、続いては体を横に曲げる運動。
　男女で頭の上で手をつないで、お互いを引っ張り合うみたいな格好になる。
　あまりに男の子との接触度の高い動作に、井上くんがお休みでよかったと心底思った。
「きゃあ〜」
「ははは」
　みんな楽しそうだなぁ。
　そもそも身長差がありすぎるペアもあるから、すごく大変そうなんだけど……。
　それでも、先生の思惑どおりに進んでいるようで、どのペアも笑顔がはじけ会話も弾んでいる。

「じゃあ腹筋いくわよ。1分間で計測してねー」
　柔軟が終わると、いよいよ測定に移った。
　腹筋かぁ。
　これはペアの人がいないとちょっとつらいよね。
　足を押さえてもらわないと、浮いちゃうし。
　そんなことを思っていたとき。
　――バンッ！
　閉められていた体育館の扉が開いた。
　みんなが動きを止めて、そっちに視線を動かす。
　私も切れた息を整えながらそこを見れば。
　立っていたのは、黒いジャージに身を包んだ男の子。
　もしかして井上くんが来たとか？
　……と思った次の瞬間、ハッと息をのんだ。
　……違う。
　あれはもしかして……。
「……煌……くん？」
　あのオーラ、間違いない。
　ど、どうしてここに!?
　暴走族の総長がジャージを着て体育に参加……？
　ウソでしょ？
　クラスの授業には出ているけど、体育なんて出たことないらしい。
　現に、ここには翔和さんもハクさんもいない。
　くじ引きだって、彼らは参加してなかった。
　なのに、なぜ？

ゆっくりと、長い足をこちらに動かしてくる煌くん。
　そして私の前で足を止めた。
「腹筋だろ。ほら、早く寝て」
「へっ？」
　そう言って、目の前で腰を下ろす煌くん。
「早く」
「は、はいっ」
　頭は混乱してるけど言われるがままそこに寝転がると。
　煌くんがいきなり私にまたがるからびっくりする。
「ええっ!?」
　何をされるの？
　思わず体を起こすと、肩を押し戻された。
「いいからそのまま」
「……」
　も、もしかしてこれで腹筋しろっていうの……？
　でもまわりを見ても、そんな体勢になっている男の子なんていない。
　やっぱりそこは恥じらいがあるのか、みんな足の脇に座って、足首を押さえている程度なのに。
　どうしてこの人は堂々と私にまたがってるの!?
「じゃあ計測はじめるからな」
　煌くんはストップウォッチをセットし、私の膝を立てると、その上に腕を乗せて、じっと視線を注ぐ。
　……カウントは始まっちゃってる。だけど、体を起こすことができない。

だ、だって。
　煌くんの顔が近すぎて体が上げられないんだもん。
　今体を起こしたら、超接近だよね？
「ほら早く」
　いつまでも体を起こせないでいると、しびれを切らしたように言うから渋々体を起こした。
　測定結果がゼロ回じゃ困るし……。
　でも、こんな拷問まがいの腹筋なんてある!?
　思ったとおり、1回体を起こすたびに煌くんとの距離が近づいて、ドキドキが半端ない。
　あんまり体を起こせないでいると。
「それしか上がんねえの」
　ってバカにしてくるし。
　違うよ。
　煌くんの顔が近すぎて上げられないんだってば。
「だったら手を貸してやる」
「ええっ」
　体を起こした瞬間、手をグイっと引っ張られて。
「……っ!!」
　――ドクンッ。
　鼻先が触れたんじゃないかって距離まで体を起こすことになり、心臓が止まるかと思った。
　ななな、何、これは。
　もはや、腹筋運動じゃないよ！
「やればできんじゃん」

なのに、煌くんはご満悦。
　うう〜、煌くんの狙いはわかったよ。
「ほら、もう１回」
　煌くんは私の体を軽く押すと、また起きるように促す。
　そして。
「……っ!!」
　同じことの繰り返し。
　もう、心臓がもたないよ。
　――ピピピピ……。
　そこでストップウォッチが１分の経過を告げ、ようやく終わる。
　はぁぁぁぁ。
　なんて内容の濃い長い１分だったんだろう……。
「もう終わりか。つまんねぇの」
　ほんとに残念そうに言い、今度は煌くんが横になる。
　私は遠慮がちに、そっと足首を押さえてみるけど。
「ちゃんとしっかり押さえてよ。じゃなきゃできねぇ」
　は、はぁ……？
「さっきの俺みたいに」
　ウソでしょ!?
　足の上にまたがって、膝を抱えるの？
　私は固まった。
　そんなの無理なのに〜。
　でも有無を言わせないその目に逆らえなくて……。
「きゃっ……！」

計測をはじめれば、必要以上に体を起こしてくるから、私が顔を背けるしかない。
　男の子にまたがってるっていう時点で、私はギリギリなのに！
　こんな格好になっているのは、まわりを見ても私しかいない。
　しかもすっごい見られてるし。
　恥ずかしくって、顔から火が出そう。
「しっかり見てろよ」
　でもそれすら許されなくて、見たこともない高速腹筋は続く。
　運動能力はかなり高いみたいで、回数はこの中でも最多なんじゃないかな。
「……っ」
　煌くんが体を起こしてくるたびに、息が止まりそうになるよ……。
　それからも必要以上に密着度の高い体力測定は続き。
　休憩の合図で、やっとこの拷問体力測定から逃れられた。
「あ、あの、どうして体力測定に……？」
　疑問をやっと口にする。
「んなの決まってるだろ」
「え？」
　やっぱり、自分の体力を知りたいのかな？
　結果はＡＢＣ……と評価され、中にはその上のＳをもらう人もいるみたい。

暴走族の総長という名を持つ煌くんなら、それなりの成績を残したいんだね。
　うんうん、とひとりで解決して納得していると。
「他の男が愛莉に触れるのなんて許さない」
　は……？
「だったら俺がペアになるしかないだろ」
　へ……？
　体力測定したかったわけじゃ、ないの？
　思わぬ言葉にポカンとしていると。
「覚えといて、愛莉に触れていいのは俺だけ」
　ゆっくり手が伸びてきて、私の頬に触れた。
　……っ。
　いつも冷たい指が温かい。
　きっと運動をしたあとだからだろうけど、いつもよりも優しく感じる。
「俺以外の男には触れさせねえよ」
　——ドキッ。
　次から次へと放たれる甘いセリフ。
　じわじわと顔がほてっていくのがわかる。
　ほんとに、煌くんは何を考えているんだろう……。
　どうしてここまで私に執着するのか、まったく意味がわからないよ。
　きっと真っ赤になっている私の顔。
　そんな私に柔らかい笑みをこぼすと、煌くんは満足そうにそこに置いてあった水筒に口をつけた。

ゴクゴク……と動く喉仏に、思わず目を引き寄せられる。
　でも、ハッと気づく。
「そ、それ……」
　私の水筒……。
　まだ喉が渇いてるから飲みたいけど、次に私が飲んだら、その……か、間接キスになっちゃう。
　どうしようっ。
　なんてドキドキしているのは私だけみたいで。
「なんだ、スポドリじゃねぇんだ」
　って少し不満げに水筒を返された。
「ご、ごめんなさい……」
　私は麦茶が好きだから、中身は麦茶なんだ。
　私が口をつけた水筒とか、煌くんは、そんなことちっとも気にしてないみたいだけど……。
　でも、私も喉が渇いているから同じ水筒に口をつけて。
　ひとりでドキドキしていた。
　それからもペアの体力測定は続き。
　長い長い２時間が終わったころには、私の魂は完全に抜け落ちてしまっていた。
「愛莉大丈夫〜？」
「だ、ダメかも……」
　千春ちゃんにもたれかかるようにして更衣室へ向かい、なんとか着替えを終えて教室に戻る。
　その途中、２人組の男の子とすれ違って。
「井上〜、体育サボるなんて聞いてねーぞー」

そんな声が耳に届いた。
　ん？　井上くん？
　もしかして、ペアになる予定だった井上くん？
　思わず目で追ってしまうと、井上くんと呼ばれた人はまさに黒羽の男の子って感じの、髪を赤く染めたちょっと悪そうな人。
　この人とペアをやってたら、怖かったかも。
「サボりっつうか、煌さんから仕事を言い渡されてさ」
「え、マジで？」
　煌くんの名前が出てきてびっくりする。
　どうして、煌くん……？
「朝俺んとこに来て、たまり場２時間掃除しとけって言われたから掃除してた」
「なんで？　お前なんかやらかしたのか？」
「バーカ、なんもしてねぇって！」
「じゃあなんで……まあ、総長の命令じゃ逆らえねーしな」
「ああ。あの人に逆らえる人はいねーだろ」
　えええっ！
　井上くんも鳳凰のメンバーだったの？
　……そうか。
　私が井上くんとペアなのを煌くんは知ってたんだ。
『他の男が愛莉に触れるのなんて許さない』
　それで……。
　井上くんが来れないようにして、代わりに煌くんが現れたんだ。

ジャージを着て体力測定なんて絶対に嫌だろうに、そこまでして参加した煌くんがおかしくて、ちょっとだけクスッと笑ってしまった。

## 甘い罠。

「ふわぁ〜」
　朝。昇降口で私はこっそりあくびをした。
　煌くんが家に迎えに来るようになって1週間。
　冗談だと思っていた話は冗談でもなんでもなくて。次の日も、当然のように同じ時間にあの車に乗って現れた。
　断ったところでやめてくれるような彼じゃない。
　だったら私がそれに適応させるしかなくて。
　来る前に支度が終わってないといけないし、普段より30分も早起きになった。
　まだ慣れなくて、朝は眠くてたまらないんだ。
　車の中であくびなんて恐れ多くてできないけど、ひとりになったとたんこれだもんね。
　煌くんとは時間差で校舎に入っている。
　煌くんはなんで？って不満そうだけど、同じ車から一緒に降りて校舎に入るなんてまわりの目が怖くて無理だもん。
「あれ？」
　靴箱を開けた瞬間、ひらりと紙が舞った。
　どうやら、私の靴箱から落ちたみたい。
「え……」
　拾って、そこに見えた文章に固まる。そしてあたりをさっと見渡し、もう一度紙に目を落とした。
《二宮愛莉さんへ。突然お手紙を書いてすみません。二宮

さんに一目ぼれしました。話したいことがあるので今日の放課後資料室まで来てください。待ってます。3年・田中》
　一目ぼれした、って。
　こ、これって……？
　もしかしてラブレター？
　そう思ったら急に心臓がバクバクしてきた。
　だって、こんなのもらうの生まれて初めてだもん。
「どうかしたのか？」
「わあっ！」
　声が聞こえて飛びのいた。
　後ろに立っていたのは翔和さん。私がいつまでたっても退かないから邪魔だったみたい。
「す、すみませんっ」
　慌てて退くと、翔和さんは不思議そうに首をかしげて。
　そのあと無言のまま最上段の靴箱を開けた。
　バサバサーッ！
　その瞬間、雪崩のように落ちてくる色とりどりの封筒。
「ええっ!?」
　まるで漫画のような光景に、目をパチパチさせる。
　これも、ラブレター!?
　こういうの、ほんとにあるんだ……。
　すると、どこから現れたのか、ふたりの男の子がそれをかき集めて……近くのゴミ箱に捨てた。
　え、捨てちゃうの？
　読まれずに捨てられちゃうラブレターが、かわいそうに

思えてくる。
　驚く私とは対照的に、翔和さんはそれが当たり前とでもいうように見向きもせず、上履きを履くと階段を上っていった。
　翔和さんの人気ってすごいなぁ……。
　改めて感心しながら、私は手に持っていた紙を四つ折りにして、制服のポケットにしまった。

「聞いてよ～、ハクさんに今度暴走に来ないかって誘われたの！」
　教室に入るとすぐに、千春ちゃんがすごいことを言ってきた。
　頬を染めて、それはうれしそうに。
「ええっ!?　ぼ、暴走っ!?」
　朝からなんてワードを発してるの……。
　軽くめまいがしそう。
「うんっ。一番いいところで見せてやるって。なんなら後ろに乗っけてやるって！」
　いろいろな男の子に頬を染めてきた千春ちゃんだけど、今回はどうやら今までと本気度が違うみたい。
　煌くんや翔和さんがクラスメイトと話さないのはある程度想定の範囲内だとして。ハクさんはそうじゃないと思ってたのに、意外にも話さない。
　その中で、唯一千春ちゃんとだけは話をしている。
　私だってハクさんとはほとんど話さないのに、いつの間

に距離を縮めてたのかな。
　千春ちゃんもわかりやすくアピールしてるし、向こうもまんざらでもないみたい。
　友達の恋がうまくいきそうなのはうれしい。
　映画や遊園地に誘われたのなら、私だって大喜びで送り出してあげたい。
　でも。
「……それ、大丈夫なの？」
　このお誘いからは、ハクさんの千春ちゃんへの想いはまったく測れないもん。
　むしろ、大事にしたい女の子だったらそんな危険なところへは連れていかないよね？
「うんっ。そういうの憧れてたんだよね〜」
「千春ちゃん、わかってる？　暴走だよ!?」
　憧れる要素がわからなくて理解に苦しむよ。
「特攻隊っていう役割の人が他の車とか止めちゃって、夜の道を走り抜けるの！」
「ひゃっ……！」
　そんなことしてるの？
　具体的に暴走族が何をしているのかわからない私には、びっくりすることばかり。
「バイクに乗ってる姿、考えただけでもゾクゾクするっ」
「へ、へー……」
　もしかしたら、自分のカッコいい姿を見てほしくて誘ったのかなぁ。

ハクさんなら、あるかも。
　こうなったらもう、千春ちゃんのためにもポジティブに考えよう！
「出た出た、愛莉の『へー』が。いい？　愛莉は仮にもそこの総長とつき合ってるんだからね」
　待って待って。
「つ、つき合ってないもん！」
「いつまでそんなことが通用すると思ってるの？」
　自信たっぷりに言う私に対抗するように、胸を張る千春ちゃん。
「あんなに独占欲丸出しで束縛して、彼女じゃないなんて誰も信じないと思うよ」
「ま、まさか……」
　私、煌くんの彼女って思われてるの？
　教室に登校した初日に、私の席の隣に移動してきたし、たまに私を連れてあやめでサボるし、教室でも話す女子は私だけ……って、そう思われても仕方ないのかな。
　結局、教室で授業を受けるのはダルいみたいで、最近は教室にも来ないんだけどね。
　それにしても……。
　事実は違うし、私は彼女になるなんて一言も言ってないのに。
「だって最近愛莉のまわりすごいじゃん」
「う、うん……」
　そう言われて思い当たることは確かにある。

私なんて地味で目立たないのに、やたらに声をかけられるようになったんだ。
　忙しいなら掃除当番代わるよ？とか、お菓子食べる？とか。
「鳳凰総長の彼女って、すごいんだね〜」
　なんでなんだろう？とは少し思ってたけど、とくに気にも留めてなかった。
　そういうことだったの？
　私が煌くんの彼女だと思って、人が寄ってきてるの？
「でも気をつけなよ。女の嫉妬って怖いから」
「えっ、怖いこと言わないでよ！」
「ごめんごめん。でも、ほんと気をつけな。なんかあったらまず私に言うんだよ？」
「う、うん……ありがとう」
　でも。
　私ごときが誰かに妬まれるとか、そんなのあるわけないよね。
　煌くんに構われるようになって、自分の環境が変わったことに、私は全然気づいていなかった。
　このときまでは。


　放課後。
「じゃあ私帰るよー」
「うん、バイバイ」
「今日も煌さんのお相手、頑張ってね！」

「うっ……」
　そう。
　私はいつも放課後あやめに呼ばれている。
　そこで煌くんと少し過ごして（後半は煌くんが私の膝枕で寝て）、家まで車で送ってもらって帰るんだ。
　せめて帰りくらい電車で……という願いは聞き入れてもらえない。
「急がなきゃ」
　けれど今日は、いつもまっすぐにあやめに向かう足を途中で止める。
　今朝の手紙で資料室に呼ばれているから。
　以前の私なら、こんな呼び出しになんて応じなかったと思う。
　煌くんたちと接して、少し男の子に対する警戒心が薄れてきたのかも。
　男ギライを治すつもりはないって煌くんには言ったけど、今後のことを考えたら治せたに越したことはないし。
　ほんとに治り始めてるのか確かめるにもいいチャンスだと思ったんだ。
　……荒療治も、あながち効き目がゼロってわけでもなさそう。
　って、煌くんのペースにのまれちゃダメだよね。
　しっかり自分を持たなきゃ。
「ここか」
　それは、いつかひょろひょろくんを助けた場所だった。

あまりいい思い出じゃないこの場所に入るのは気が重いなぁ……。
　ここへ来ることは誰にも言ってなかった。
　千春ちゃんに言うと、きっと南里くんに伝わって煌くんにも伝わるから。
　煌くんに伝わったら、なんで他の男に呼ばれて行くの？とか面倒なことを言われるに決まってるもん。
　──コンコン。
　ドアが閉まってたので、ノックをしてからゆっくりドアを開けた。
「失礼します……」
　そろりそろりと中へ足を進めるけど誰もいない。
　あれ？
　手紙の彼はまだ？
　ＨＲが長引いているとかで、まだ来てないのかな。
「ほんとに来てくれたんだ」
　すると後ろから声がして振り返ると、男の子がひとり立っていた。
　彼が田中先輩かな……そう思った瞬間、彼の後ろからまた数人の男の人が顔を出した。
　えっ……。
　一瞬で頭の中が混乱する。
「クックックッ、マジで来たよ」
「鷹柳の女もチョロいなあ！」
「なあ？　だから来るって言っただろ。俺の勝ちだな。

1万ゲット！」
　なんの話……？
　一気に怖さが襲い、全身が震え始める。
　手に握ってきた手紙がカサカサと音を立てた。
「アイツにチクられたらヤベぇからある意味賭けだったけど、案外口固いのな」
「きゃっ……」
　ひとりの男が私の手から手紙を奪い取り、怖くて悲鳴のような声を上げてしまった。
「なかなかかわいい声出せんじゃん？」
「っ……」
　顎先をつかまれ、グッと顔を寄せてくる。
　その手からはタバコのにおいがして吐きそうになった。
　……ほんとになんなの？
　全員柄が悪く、まともに制服を着ている人がひとりもいない。見るからに不良。
　怖くて怖くてたまらないのに声を出すことすらできない。その代わり涙だけは溢れてきた。
「うわ〜、泣いてる顔もそそられる〜」
　……私、騙されたんだ。
　ここでようやく気づいた。
　あの手紙に書かれたことはウソだったんだ。
　浮かれてのこのこ来てしまった自分を心底バカだと思う。
　そして、誰にも言っていないことを後悔した。
　せめて、千春ちゃんには言っておけばよかった。何かあっ

たら言うように言われたばかりだったのに。
　男ギライが治ったかもなんて錯覚だった。
　やっぱり男の子は怖い生き物で、私にとっては敵以外の何者でもないんだ。
　どうしようっ……！
　ドアは閉められ、この密室の中に私と男５人というこの状況にパニックに陥る。
「かわいそうに。鷹柳に気に入られたばっかりに、こんな目に遭って」
　……煌くん？
「アンタ、鷹柳ファンから相当恨まれてるぜ？　これ計画したのもそいつらだし。俺らのことを悪く思うなよ」
　煌くんファンの子が私を……？
　女の嫉妬は怖いって、千春ちゃんに言われたばっかりだ。
「わー、震えちゃってるよ」
「たまにはこういう初々しいのもいいな」
　私の顎をつかんでいる男は舌なめずりをすると、もう片方の手で自分のシャツのボタンをすべて外していく。
　やだ……やだよ……私どうなるの……っ。
　誰か助けてよ……！
　……誰か……煌くんっ……。
　なぜだか、脳裏に煌くんの顔が浮かんだ。
　そのとき廊下が一気に騒がしくなって。
　次の瞬間、ものすごい音とともにこの部屋のドアがぶち破られた。

「ああっ!?　なんだあっ!?」
　今まさに、私を押し倒そうとしていた男が振り返ったとたん、飛び込んできた黒い影に吹っ飛ばされる。
　……!?
「てめえら何してんだ!!」
　その鋭い声は……煌くんっ……!!
「……っ！」
　男なんてみんな怖くてたまらないのに、なぜか煌くんの姿を目にした瞬間、安堵(あんど)でいっぱいになる。
　胸の奥がきゅううと痛くなって、今までとは違う種類の涙が溢れてきた。
「なめたことしてんじゃねえぞっ、ああっ!?」
　煌くんは、片っ端から男たちの胸倉をつかみ殴っていく。
「きゃっ……！」
　殴る音に、男たちがうめく声。
　思わず顔を背けてぎゅっと目を閉じていると。
　その数秒後。
「愛莉っ、愛莉っ……！」
　肩に手を乗せられてビクンッと大きく体が跳ねた。
「大丈夫かっ!?」
　煌くんだとわかり、恐る恐る目を開ける。
　まわりを見渡すと……男たちは全員倒れていた。
　えっ……。
　これを、一瞬の隙に煌くんがひとりで……？
　ドアの向こうにも、見張りがいたのか倒れている足が見

えた。
「愛莉っ、大丈夫か!?」
　もう一度、煌くんが声をかけて私を抱きしめた。
　私、助かったんだ……。
　……ああ……。
「……ううっ、ううっっ……ひっく……っ」
　たまらず泣いてしまった。
　男たちの前では怖くて声も出なかったのに、なぜか煌くんの胸の中はすごく落ちついた。
　どうしてだろう。
　煌くんだって、男には変わりないのに。
　抱きしめられても、不思議と嫌じゃないんだ。
「俺のせいだな……悪い……」
「ううっ……ひっ……」
「怖かったよな」
「……っ……ううっ……」
「間に合って、よかった……」
　私を抱きしめてくれる手に力が入る。
　いつもの煌くんからは想像もできないような必死な声。
　そんな煌くんのシャツに、私もしがみつく。
「コイツら、絶対に許さない」
　男たちはそれぞれうめき声を出しながら転がっていて、まだ誰も立ち上がれないでいる。
　こんなに強い煌くんが来てくれた。
　もう大丈夫だってわかっていても、この人たちのそばに

いるのが怖くてたまらない。
「……あの……っ」
「ん？　何？」
　必死に絞り出した声に、耳を寄せてくれる煌くん。
「……ここから……出たいです」
　こんなところから一刻も早く出たくてたまらないの。
　そうじゃないと、恐怖からは解放されなくて。
「そうだな。行こう」
　すると、視界が反転してふわりと浮く体。
　煌くんが、私をひょいっと抱き上げたのだ。
「……っ!?」
　……それはお姫様抱っこで。
　でも、恥ずかしいから下ろしてほしい……よりも、なぜか煌くんに抱えられている安心感のほうが大きく。
　私はそのままの体勢であやめまで運ばれた。


　ふかふかのソファに優しく下ろされる体。
　その前にしゃがみ、私の手を握ってくれる煌くん。
　私はまだ体の緊張が解けない。
　手のひらは冷たくて、小刻みに震えている。
　だって、ほんとに怖かったから。
「ちょっと待ってて」
　煌くんがそばを離れる。
　……行かないで……。
　思わず心の中で言ってしまった。

それだけでも、なんだか心細くて。
　私、どうしたんだろう……。
　しばらくするといい香りが漂ってきて、カップを手に煌くんが目の前に戻ってきた。
「ミルクティー淹(い)れた。これ飲んで落ちつこう」
　ミルクティー……私大好きなんだ。
「ゆっくりでいい。起きれるか？」
　軽くうなずいて、カップを受け取る。
「熱いから気をつけて」
　両手でカップを包みながら、少し口をつける。
　甘くて優しい味が体に染み渡って、ほんとに心が落ちついていく。
「とっても、おいしいです」
「よかった」
　安堵の息を吐いた煌くんは、私の隣に腰を下ろした。
　その顔はまだ険しいままだったけど、それは私のことを心配してくれているからだろうし、怖くはない。
　いつも振り回されてばっかりなのに、今日はすごく煌くんが優しい。
　口調もすごく優しくて、こんな煌くん、煌くんじゃないみたいだけどとても落ちつく。
「マジで心配した」
　煌くんは両手で私の頬をそっと包んだ。
　いつもの冷たい手。
「……っ」

ビクッと体が反応したけど、カップを持っているから下手に動くと中身がこぼれちゃうし、体を遠ざけることはしなかった。
　それに……不思議と、嫌じゃなかったんだ。
　なぜか、心地いい……。
　それにしても。
「あの……どうして私が資料室にいるってわかったんですか……」
　紙きれ1枚で呼び出された私のことを、どうやって見つけてくれたんだろう。
　問いかけると、煌くんはグッと眉を寄せた。
「朝、昇降口で愛莉が不審な行動とってたって翔和から聞いたんだ」
「不審な……？　翔和さんが……？」
　何かあったっけ？
　すぐにピンとこないでいると、煌くんは話してくれた。
　今朝、靴箱で私の様子に何かを察知した翔和さんは、それを煌くんへ告げ、1日ずっと極秘で捜査していたんだとか。
　怪しい人物を特定し、ようやく突き止められたのが、実際に彼らが動いてからで、煌くんが飛び込んできた──ということみたい。
「翔和の観察力は半端ないんだ。アイツの目だけはごまかせない。鳳凰の中でも参謀的役割を担ってるしな」
　私はただ、紙きれを眺めていただけなのに。

あの一瞬で、何かあると判断した翔和さんがすごすぎる。
　ここまで的確に精査できた煌くんにも。
「ありがとうございましたっ……」
　煌くんが来てくれなかったらどうなってただろう。
　私は今ごろ……。
　ぶるるるっ。
　考えると恐ろしくて、また体が震えてカップの中身が波打つ。
「……万一、今後こういうことがあったら、まず俺に言え」
　震えを止めてくれるように重なる煌くんの手。
　今度は、温かく感じた。
「……はい」
「マジ、心臓止まるかと思った」
「……ごめんなさい」
「いや、愛莉が謝ることじゃねぇよ。元は俺のせいだ。こんなこと二度と起きないように、俺が守るから」
「……っ」
　今日の煌くんはとっても優しくて素直で、煌くんじゃないみたいでなんだか不思議な気分。
　でも、そんな煌くんには安心感しかない。
　だって、すごく私の気持ちに寄り添ってくれてるから。
「私がのこのこ行ったのが悪かったんです」
　こんなに煌くんを心配させたことが申し訳なくて、私は首を振った。
「もしかしたら男ギライが治ってきたのかもと思って。そ

れを試すためにっていうのもありました。でも全然そんなことなくて、ただ怖いだけでした」

これが新たなトラウマになって、もっと男ギライがひどくなりそう。

ああ、困ったな。

——と、刺さるような視線を感じて顔を横に振れば。

「俺だって男だけど？」

真面目な顔している煌くん。

「あ……」

そうだ。

怖いと言っておきながら、煌くんに助けてもらってホッとしてるし、今だって、男の子とふたりきり。

なのに、緊張するどころか、すごく安心しきっている。

なんでだろう？

「俺は特別だと思っていいのか？」

「そ、それは……」

私、墓穴掘っちゃったのかな？

でも。煌くんなら平気なのはウソじゃなくて。

「それとも、俺のこと男として見てないとか？」

「い、いえっ……そんなことはないですっ……」

思いっきり首を横に振った。

あんな不良たちを一気に倒しちゃうような人、誰よりも男の中の男だもん。

そこはきっぱり否定すると、

「じゃあ、俺のこと好きになった？」

投げかけられたのは、いつものマイペースなセリフ。
　……こんなときに、もう。
「ま、まだですっ……」
　恥ずかしくて、顔を背けて言えば。
「まだ？」
　私の言葉を反芻(はんすう)してきた煌くん。
「へ？」
　私、何かおかしいこと言った？
　煌くんは隙を与えてくれないから、とりあえず思ったことを口走ったんだけど。
　わからず、首をかしげていると。
「……ふーん。まあ、気長に待つよ。俺こう見えても気は長いんだよ」
　口角を上げながら言われてドキドキした。
「ま、待ってなくていいですっ……」
　そう言いながらも、やっぱりそんなふうに言われることはうれしくて。
　でも、どうしてうれしいんだろう……。
　私は自分の気持ちがわからなくて、少し戸惑っていた。


「愛莉、大丈夫だったのかよ！」
　翌日。
　教室に入ると、すぐに南里くんがすっ飛んできた。
「う、うん。……なんかごめんね？」
　もう昨日のこと知ってるんだ。

南里くんも鳳凰の一員だし、いろいろ迷惑かけちゃったかな。
「んなのはどーでもいいんだけどさ」
　なんだか煮えきらない表情。
　どうしたのかな？
「嫌だったら、はっきり言えよ？」
「え……？」
「その……煌のこと……」
　少し言いにくそうに目をそらす。
　煌くんのことって……？
「煌に構われて迷惑してんなら、俺が言ってやる」
　いつもはチャラチャラしている南里くんが、真剣な目をしている。
　南里くんはいつか言ってた。
　"総長の言うことやることは絶対" なんだって。
　だからこの助言は、総長のしていることに逆らうようで微妙なのかもしれない。
　だから、よっぽどのことだ。
「私はべつに迷惑とか……」
　不思議。
　今までは嫌だと思っていたのに、人から言われるとそうでもないことに気づく。
　今朝だって、迎えに来てくれた煌くんを見て、なんだかホッとしてしまった。
　とくに、昨日のことがあったからかな……？

「今回は女が仕組んだことらしいけど、鳳凰と敵対してるグループもあるわけだから、そいつらが直接愛莉に手出ししてくる可能性もあんだぞ？」
　南里くんが、私の肩に手を置く。
「えっ……」
「総長の女ってのは、かっこうの標的だからな」
　……標的？
　ファンの子に妬まれるとは別に……？
　よくわからないけど、怖いことには間違いなさそう。
　心臓がヒヤッとしたとき。
「おい」
　私の肩に乗せた南里くんの手を、誰かがつかんだ。
「そのくらいにしとけよ」
「煌っ……!?」
　南里くんの横には、いつの間にか煌くんが立っていた。
「無駄に怖がらせんな」
「無駄って、実際あんなことが昨日起きただろ！」
「心配すんな。絶対に俺が守るから。愛莉は……南里の大切な幼なじみだしな」
　──ドキッ。
　南里くんに向けて言った言葉なのに、私がドキドキしてしまった。
『俺が守るから』
　昨日もそう言ってくれたっけ。
「……っ」

南里くんは何か言いたそうな顔をしていたけど、それ以上何も言うことなく教室を出ていってしまった。
　……あれ？
　南里くんどうしたんだろう。
　ふたりの物々しい雰囲気に、教室もシンと静まりかえった。
　心配してくれたのに、私まで煌くんの肩を持つようなこと言っちゃったかな。
　気になって追いかけようとしたとき、
「行くな」
　煌くんにグイっと腕をつかまれて、足がつんのめる。
「行くなよ」
「……っ」
「俺が守るって言っただろ？　信じてるなら、行くな」
　腕はつかまれたまま。
　その瞳が切なそうに見えてそらせない。
　再び放たれた"守る"という言葉に、胸がジンジン熱くなる。
「……煌……くん」
　そしてスッと手を離した彼は、そのまま南里くんとは違う後ろのドアから出ていってしまった。
　どうして、私、なんだろう……？
　私なんて、煌くんに好きになってもらう要素も、何かきっかけがあったわけでもないのに。
　今まで聞かなかったのもおかしいけど、ただの暇つぶしにも思えた煌くんの束縛は、いつになっても終わらなそう。

気長に待つ、とまで言われてしまった。
　ほんとに、わからないよ……。
「愛莉～」
　入れ替わるように、泣きそうな声で千春ちゃんが教室へ入ってきた。
　リュックを下ろしもせず、私に抱きついてくる。
「も～、心配したんだから～」
　昨日のことはハクさんから千春ちゃんに伝わったらしく、夜千春ちゃんから電話が来たのだ。
　南里くんといい千春ちゃんといい、情報が回るのが早すぎてもうびっくりだよ。
「ごめんねぇ……」
「話してたそばからこれだもん。これからはひとりで行動しないこと！　わかった？」
「はい」
　怒られてしゅんとなる。
「しかもさ、男使ってってほんと卑怯！　愛莉の男ギライに拍車がかかっちゃうじゃん」
　まるで自分のことのようにぷりぷりしながらリュックを下ろし、中身を机に詰め込んでいく。
　そんな姿がちょっと面白くて、ふふっと笑ってしまうと。
「ちょっと、なに笑ってんのよー。私は本気で心配してるんだからね？　わかってる？」
「うん、わかってるよ。ありがとう」
　千春ちゃんみたいな友達がいて、とても心強いと思った。

## 甘いのが、好き。

バリッ、バリッ……。
静かな部屋に、キュウリをかむ音が響く。
うわぁ。
音が出ないように気をつけてるけど、やっぱり難しいな。
そっと顔を横に向けると、煌くんが私にじっと視線を注いでいた。
ここはあやめ。
あの事件のあと、お昼になったらここへ来ること……という煌くんの命令で、お弁当を一緒に食べるようになって早1週間。
初日は緊張しすぎちゃって、まったくご飯が喉を通らなかった。
だって、男の子とふたりきりでご飯を食べるとか、ほんとに無理で。
いくら煌くんに慣れたとはいえ、私にとってはまた新たなハードルだった。
和気あいあい……なんてなるわけなくて、基本静かなあやめ。
今みたいに自分の咀嚼音(そしゃくおん)が響くのも、耐えがたい苦痛。
「す、すみません……」
うるさくてガン見してきたのかな。
謝って、そっと顔を戻す。

私たちがここにいる間、翔和さんとハクさんは隣の"つばき"にいる。
　煌くんが『愛莉とふたりで過ごしたいからお前らは隣に行け』なんて言うから……。
　放課後もそう。つまり追いやられた形。
　私のせいで、隣の部屋まで乗っ取られちゃったかと思うと胸が痛いよ。
　そして、そこには千春ちゃんも混ざっているんだ。
　私と千春ちゃんは一緒にお昼ご飯を食べていたんだけど、煌くんと食べることによってひとりになってしまう。
　そこで、千春ちゃんはハクさんや翔和さんと一緒に食べてるんだ。
　まぁ……。
　ハクさんを気に入ってる千春ちゃんにとっては、願ったり叶ったりみたい。
　モグモグモグ……。
　見られてると食べにくいのになぁ。
　煌くんはいつもコンビニのご飯で、私がお弁当の半分も食べ終わらないうちにごちそうさま。
　だから後半はいつもこうやって見られて、とっても気まずいの。
「卵焼き好きなのか？」
「えっ？」
「いつも一番最後に食べてるだろ」
　無意識だった。

私はお弁当に必ず大好きな卵焼きを入れる。
　食べる順番なんて気にしてなかったけど、そうか……。
「指摘されるまで気づかなかったです」
　なんだか恥ずかしいな。
　変なクセがバレたときみたいに。
「ふっ」
　正直に答えると、煌くんは軽く笑った。
「どんだけ好きなの？」
「えーっと、毎日お弁当に入れるくらいは……」
「じゃあ俺も、卵焼きになりてぇな」
　はい……？
　卵焼きになりたいだなんて、初めて聞いたよ。
　箸を口先にくわえたまま目を丸くすれば。
「いや、べつに俺が卵焼きに憧れるとかじゃねえよ」
「はぁ……」
「愛莉にとっての卵焼きになりたいって話」
「……」
　ごめんなさい。もっと意味がわからなくなっちゃった。
　私にとっての卵焼きって……。
　それって、喜ばしいことなのかもあやふやだ。
「そんな真剣に考えんなよ」
　煌くんの指が私の眉間に触れた。
　しわが寄ってたみたい。
　スッと、額が軽くなる。
　そしてそのまま口を開けるから、ん？と首をかしげた。

それにしても、煌くんは間違いなくイケメンだ。
　男ギライの私でも、それは認めるほど。
　男の人のわりに顔は小さいし、シミひとつなくてとってもキレイ。
　鼻筋も通っていて、目は切れ長でキリッとしていて男らしい。
　みんなが騒ぐのも、今更だけどわかってきた。
　そんな彼に目の前で口を開けられるなんていう色っぽい仕草をされて、ドキッとしないわけがない。
「あーん」
　そんな姿に見惚れていると、効果音をつける煌くん。
　あ、あーん……？
　暴走族の総長たるものが絶対に言わなそうなことを言い、びっくりする。
　その視線は、私が箸でつまんだ卵焼き。
　あ、もしかして卵焼きをちょうだいってことかな？
「これ……食べますか……？」
　問いかけにコクコクとうなずく仕草はとってもかわいい。
　私はクスリ、と笑って。
「食べたいなら……どうぞ」
　お弁当箱を差し出してみると、そうじゃないと顎を使って催促してくる。
　あくまでも、私に食べさせろって話みたい。
　……めちゃくちゃ恥ずかしいな。
　だって、食べさせてあげるなんて、カップルのすること

みたいだから。

　内心ドキドキしながら卵焼きを箸でつかんで、その口へゆっくり入れる。

　すると煌くんは、満足したように口を閉じてモグモグとかみしめた。

　どう、かな……。

　自分で作ったものを男の子に食べてもらうなんて、初めての経験で緊張する。

「あま」

　その第一声に、苦笑い。そしてやっぱりと思う。

「甘いのは、キライですか？」

　煌くんの口には合わなかったかな。

「愛莉は甘いのが好きなのか？」

「はいっ！」

　卵焼きって、だし巻きが定番かもしれないけど、私は断然甘い派。

　自分で作る卵焼きは、砂糖を入れて存分に甘くするんだ。

　千春ちゃんに食べてもらったとき、『これお菓子だよ』って言われたっけ。

「ふーん。甘いのが、好き、ねえ」

　何か企んでるような瞳に、ん？と首をかしげると、

「まあ、俺もキライじゃないし」

　それならよかった。

　ホッとして、思わず笑顔になると私の手からお箸を奪う煌くん。

そして、もうひとつ残っていた卵焼きをつかんだ。
　あっ……食べられちゃうのかな、そう思った瞬間。
「……っ!?」
　私の唇に押し当てられる卵焼き。
　な、何をするのっ!?
　いきなりのことで目を丸くする私に。
「ほら、口開けて？」
　不敵に笑う煌くん。
　……これは、逆あーん……？
　閉じていてもグイグイ押される卵焼きに負けて、ゆっくり口を開くと、馴染みのある甘い卵焼きの風味が口いっぱいに広がる。
　食べさせてもらうなんて、恥ずかしすぎる……。
　すぐに手を口元にあててモグモグとかみしめる。
　そしたら煌くん、私の耳元に口を寄せて。
「だって、甘いの好きなんだろ？」
「……!?」
「だったら、これからはたーっぷり甘くしてやるよ」
　ささやかれた声に、体中の温度が急上昇した。
　そ、そういうこと!?
　そっちの"甘い"!?
　その顔でそんなこと言うのは犯罪級なんじゃ……。
「ねえ、いつになったら俺のこと好きになってくれんの？」
　……っ。
　耳元でそんな甘えたような声、出さないでよ……。

「気長に待つって言ったけど、待てそうにない。今すぐ愛莉が欲しい」
「あ、あのっ……」
　いつも以上に煌くんが攻めてくる。
　甘いのが好きなんて言ったことが、煌くんの暴走に火をつけちゃったみたい。
　あくまでも、卵焼きの話だったのに……。
「ああ……もうダメ、限界……」
　そのまま首筋に顔をうずめてくる。
　ひいぃっ。
「ちょっ、まっ……!?」
　私、何されちゃうの!?
　危機を感じた瞬間――煌くんの頭はカクンと揺れて。
　そのまま無意識に私の膝を探し当てるかのようにして、こてんと頭をつけた。
　限界って、なんだ、眠気のことか……。
　煌くんはお昼ご飯を食べたあとは必ず寝ちゃうんだよね。
　あぁ、びっくりした。
　それにしても、私の膝はいつから枕になったのかな。
　一度もいいって言ったことはないのに。
　今日もあっという間に夢の中へ飛び立った煌くんの寝顔を見ながら思う。
　……それでも、不思議と嫌じゃない自分がいて。
　残り10分だけどチャイムが鳴るまで私も休もうと、お弁当箱をしまうとそっと瞼を閉じた。

「はあ？　何それ」
　昼休みのことを千春ちゃんに話すと、彼女はお腹を抱えて笑った。
「卵焼きになりたいって煌さんもすごいこと言うよね、あははっ、あははは……」
　……だよね。
　私だって、そんなこと言う人に初めて出会ってびっくりしたもん。
「愛莉さ～よっぽど煌さんに気に入られたんだね」
「え、なんでそうなるの？」
「それ以外何があるの？」
　逆に聞き返されても困るのに。
　やっぱり私は卵焼きと同等？
　うーん、考えてもよくわからないからやめよう。
　考えてもわからないことと言えばまだある。
　卵焼きなんかよりも、もっと重要なこと。
「煌くん、何を企んでるんだろう……」
　私に執着する意味がやっぱりわからないよ。
　煌くんくらいの人、私なんかじゃなくたって彼女になりたい人なら山ほどいるはずなのに。
　ここまで意味がわからないと、逆に何かあるんじゃないかって疑っちゃうんだ。
『今すぐ愛莉が欲しい』
　——と、さっきの煌くんの言葉を思い出して、胸がドキドキした。

欲しい、なんて刺激が強すぎるよっ。
「企むって何よ。そんな言い方したら煌さんがかわいそうじゃん。何か嫌なことされたの？」
「嫌なことは……」
　キスされたり、膝枕させられたりはするけど、決してイジワルをされてるわけじゃないんだよね。
「……ううん、べつにないよ」
「だったらいいじゃん。純粋に愛莉のことが好き、それじゃダメなの？」
「だっ……もう……」
　ストレートに言われて顔が熱い。
　私今、真っ赤になってるんだろうなぁ。
「あはは、真っ赤だし」
　うっ、やっぱり。
　すると、千春ちゃんが私を上から下、下から上へと見て。
「煌さんはああ見えて、女の子には癒しを求めるタイプなんだろうね～」
　腕組みをして納得したようにうなずく。
「癒し……？」
　男の子のためにかわいくしたいとか私にはよくわからないから、気をつけているのはまわりに不快感を与えない清潔さと身だしなみを整える程度。
　人を癒せる力があるなんてまったく思わないし、他の子たちみたいに女子力を上げる努力もとくにしてない。
「私なんて、全然かわいくもないのに……」

そう言うと、「はぁ……無自覚はこれだから」という千春ちゃんのため息が聞こえてくる。
　ん？　私悪口言われてる？
「とりあえずさ、愛莉は煌さんのことどう思ってるの？」
「えっ」
　唐突に聞かれて言葉に詰まった。
　私は……。
「ふたりで登下校、お昼まで一緒に食べて。今までの愛莉だったらもう蕁麻疹出てるでしょ」
　千春ちゃんの言うことに間違いはない。
　以前の私だったら、考えられないもん。
「遊びに行っても、男の子の集団が前から歩いてくるだけで身を隠したりするほど毛ギライしてたじゃん？」
「それは……」
　煌さんに言われた言葉を思い出してどきどきした、なんて言ったら千春ちゃんになんて言われるかな。
「じゃあ質問変えるね。愛莉は、煌さんのためにかわいくなりたいって思う？」
　千春ちゃんの言葉の中で、一番ドキッとした。
　煌くんのために、かわいく……？
　そう考えたら、なんだかじわじわと体が熱くなってきた。
「あれ？　あれれれ？」
　千春ちゃんが私の顔にグイグイ顔を近づけてくる。
　な、何っ……。
「ふふふっ、愛莉ってばわかりやすいね。そうだ！　私に

いい考えがある」
　そしてそう言うと、カバンの中からポーチを取り出す千春ちゃん。
　それをどばーっと机の上に広げれば、すべてメイク道具。
「千春ちゃん、いつもこれ持ち歩いてるの？」
　その種類にびっくりだ。
「うん、そうだよー」
「女子力すごいなぁ〜」
「愛莉がなさすぎるのー」
　ううっ。
　はい、そうです。
「愛莉、じっとしててね」
　どうやら私、今からメイクされるみたいだけど……。
　メイクなんて初めてだからドキドキするよ。
　この時間はＬＨＲだけど、担任が出張なので自習中。
　自習とは名ばかりで、ほとんどの子がお喋りしている。
　ここでメイクが始まろうが、誰も見向きする人はいない。
　今までだったら、みんなきちんと自習をしていたのに、共学になってからこれだもんね。
「愛莉は素材がいいから楽しみだわ〜」
　素材？
　何のことだろう？
「わわっ」
　瞼に何か塗られて、ぎゅっと目をつむった。

――それから約10分後。
　メイクが終わったようで、おもむろに胸元のボタンを外してくる千春ちゃん。
「えっ、何するのっ!?」
「少しくらい開いてるほうがドキッとするんだってば。チラリズムだよ」
　チラリズム……って。
　だらしなく見えないかな？
　でも、千春ちゃんもそうしてるから言えないでいると、スカートも二つ折りにさせられた。
「キレイで長い脚、せっかくなんだからもっと見せなきゃ！」
「……ねぇ、なんだか足元がスースーするよ」
「男かっ！」
「あははっ」
　千春ちゃんの突っ込みに思わず私も笑っちゃう。
　でも膝からかなり上がったスカートの裾からは、いつもより風を感じて落ちつかないんだもん。
　こんなに短くて、どうやって階段上るの？
「うわー、やば……」
　ちょっと離れて私を眺めた千春ちゃんが呟く。
「ひ、ひどいっ……」
　人の顔見て露骨にやばいとか。
　地味に傷つくなぁ。
「ちょっと、南里くん見てよ」

そして、ちょうど横を通過した南里くんの腕を千春ちゃんが引っ張る。
「あ……？　……っ」
　すると、私を見て……固まる南里くん。
　うっ……またそんな露骨な反応。
　言葉も出ないほどやばいと思ってるのかな。
　南里くんは口に手を当てて絶句……の表情を見せると、何も言わないまま教室を出ていってしまった。
　……しょぼん。
　そんなに私の姿を見るのが耐えられなかったのかな。
　へこむなぁ。長年の幼なじみにもそんなふうに思われて。
　鏡で自分の顔を見てみる。
「わっ……」
　これが、私……？
　目元はピンクベースに色がついていて、まつ毛はどこから生えてきたのかと思うくらい長くくるんとカールされている。頬にはうっすらピンクのチークが乗っていて、唇も薄いピンク色のグロスでツヤツヤしていた。
　自分じゃないみたい。
「ち、千春ちゃん……？」
「一応清楚系で仕上げてみたんだけど、どう？」
　どう？って、千春ちゃん、さっきやばいって……。
「……ありがとう……」
　これが精いっぱいなら仕方ないよね。
　力を尽くしてくれたことには感謝すると。

「あ、早く行かなきゃじゃない？」
「うん」
　いつの間にか６時間目は終わっていて、先生もいないことからＨＲもなしでみんな下校を始めていた。
「これで行かなきゃダメ……？」
「ダーメ！　せっかくメイクしたんだから今日はそれで過ごすこと！」
「うっ……」
　だけど今の私、やばいんだよね……？
　これからあやめに行くのに、煌くんにも同じ反応をされたら悲しいな。
　そう思うと気持ちが沈んだ。


「遅いよ愛莉」
　あやめのドアを開けた瞬間、拗ねたように放たれた言葉。
　いつものように定位置に座ったまま、煌くんは私をじっと見つめている。
　唇を尖らせて、少し眉を下げて細めた目からは哀愁さえ感じる。
　……ちょっと遅れただけで、そんな捨てられた子犬みたいな目をして。
　でもなんだかその目がかわいいと思ってしまった。
　こんな煌くんの顔が見られる人なんて、なかなかいないよね。
　教室では絶対に、そんな顔しないから。

って、やだ。私、煌くんのそんな顔が見れてうれしいみたいじゃん……。
「ＨＲが長引いてしまって」
　こんなときは、ウソも方便だよね……？
　ドキドキしながら煌くんのそばに近づいていく。
　メイクをした私を見て、煌くんはどう思う？
　私、煌くんにどう思われたいんだろう。
　自分で自分の気持ちがわからないよ。
「遅いと心配するだろ」
「ご、ごめんなさい」
　この間のこともあるから、そうだよね。
「今度から翔和にでも迎えに──」
　そこまで言いかけた煌くんの目の色が変わった。その直後、その目がスッと細くなる。
　……うっ……。
　いつもと違う私に気づいたみたい。
　体中に緊張が走る。
「どうしたの、それ」
　低く冷たく投げられた声。
「なんでそんな格好してんの」
　眉をひそめる煌くんには、すでにブラックオーラが纏（まと）われている。
　さっきまでの子犬のような目は影も形もなく、心臓がヒヤッと冷たくなった。
　やっぱり、ダメ……だったかな。

「あ、あの……これは……」
　煌くんの前に立った私は、短くなったスカートの前で両手を合わせ、身を縮めるようにうつむいた。
　慣れないスカートの丈も居心地悪く、膝を前後させてもじもじしてしまう。
「俺に襲われたいの？」
　勢いよく煌くんが立ち上がり、私の腕をつかんだ。
「ひゃっ……!?」
　襲うって。
　な、なんてことを……！
　そのままひっくり返るようにソファに座らされて。
　そんな私にまたがるように、煌くんがソファに膝をつく。
　あまりにも近すぎる距離に、心臓が破裂しそう……！
「これでもさ、俺必死で我慢してんだけど。愛莉、どうされたいの？」
「どど、どう……って……」
　意味がわからないよ。
「マジで襲っていいわけ？」
「だっ、ダメ、ダメですっ……！」
　両手を胸の前でクロスさせて死守する。
　貞操だけは守らないと……！
「だったら勘弁して。マジでやべえ……」
　ひとり言のように言いながら、髪をかき上げる煌くん。
　耳のピアスがきらりと光った。
　煌くんは私から降りると、そのままソファの前へしゃが

んだ。
　ずん、と重くなる胸。
『やばい』
　みんなして、同じことばっかり……。
「……ですよね。わかってます。千春ちゃんにもやばいって言われて、南里くんなんて、絶句しちゃって……」
　みじめな気持ちになりながら、重い口を開いた。
「は？　南里に見せたのか？」
「見せたっていうか、いたので……」
「……ふうん……」
　何かを考えるように言葉を吐き出したその唇は、尖っている。
　目なんてすわっていて、機嫌が悪いのは一目瞭然。
「……すみません、こんな姿をさらして」
「そうだな。愛莉は今までのほうがいいよ」
　……やっぱり。
　煌くんもそう思ってるんだ。
　せっかく千春ちゃんがメイクをしてくれたのに、私には無意味だったんだ。
　私なんて、かわいくなれないんだ……。
　ツゥ——と頬に冷たいものが伝う。
　やだ、どうして涙なんて出てくるんだろう。
「……っ」
　私が拭おうとするよりも早く、煌くんの手が伸びてきて、親指でそっとその涙を拭われた。

そして、そのまま胸元に手が下りて……開いたシャツのボタンを留めていく。
　決して乱暴ではなく、優しく。
　ドクン……ドクン……。
　そんな行為に、胸が変に暴れる。
「愛莉、たのむからもっと自覚して」
「……」
　もうやだ。
　わかってるよ。わかってるのに……。
　そんなこと言われたら、やっぱり涙が出てきちゃう。
「俺以外の前で、そんなかわいい姿見せんな」
　かわいい……？
「そんな愛莉、誰にも知られたくない」
　え……？
　煌くんは何を言ってるの？
「あの……意味がわかりません……」
　かわいいって……誰のことを言ってるの？
　だって、私は"やばい"んだよね？
　……皮肉られてるのかな。
　まだ目に涙を溜めたまま煌くんを見上げれば。
「ほらまた。だからその顔反則なんだって」
「……っ。ご、ごめんなさい……見苦しいですよね」
　もう、今すぐ顔を洗ってきたいよ。
　うつむき、謝る私。
　はぁ……と深いため息をついた煌くんは。

「ほんとにわかってねえのか……」
　ひとり言のように呟いて。
「わからなければそのほうが都合いいし、それでいいよ」
　私の顎を軽く持ち、また私の涙を拭い……。
　ちゅっ……と、優しくおでこに口づけた。
「……！」
　わわっ、すっかり油断してた！
　まさか、今キスされるなんて思いもしなかった。
　自覚しろとか反則だとか言っておきながら、どうしてキスなんてするの？
　言ってることとやってることが、めちゃくちゃすぎるよっ。
「俺以外にその顔見せるの禁止、な？」
　満足そうに笑った煌くんは、いつもよりスカート丈の短くなった私の膝に、ゴロンと寝転んだ。
「……」
　わかってる。
　煌くん以外どころか、煌くんにも見せたくないよ。
　メイクなんて大人になるまでしない。
　初めてのメイクで懲りた私は、そう強く思った。

## 暴走の夜。

　それから数日後。
「今夜、走りがある」
　お昼休みのあやめ。
　いつものように最後の卵焼きを食べようとしたときだった。
　とっくに食べ終わっていた煌くんは、私の髪の毛をもてあそびながら、とんでもないことを口にした。
「走り……？」
　それってもしかして……。
「愛莉も来いよ。暴走」
「えっ……」
　箸でつまんだ卵焼きが、ぽろっと落ちる。
「あっ……」
　それはとっさに伸ばした煌くんの手のひらでキャッチされ……そのまま私の口の中へ無事に収められた。
　ポッと、熱くなる顔。
　そんな顔でモグモグしている私はひょっとこ？　それとも、ゆでダコ？
「なんてかわいい顔してんの」
「……っ」
　"甘いのが好き"と言って以来、もっともっと煌くんは甘く接してくるようになってる気がする。

今みたいに、かわいい……とかすぐ口にして。
　実際はかわいくもないのに、いちいちドキドキしちゃう。
「愛莉のダチも来るだろ。ハクが誘ってるはずだから」
　そうだ！　暴走暴走！
　ドキドキしてる場合じゃなかった。
「千春ちゃんも行くんですか!?」
　そういえば前に言ってたっけ。
　すごくうれしそうだったし、絶対に行くよね。
　怖いけど……千春ちゃんが行くなら一緒に行ってもいいかなって思ってる時点で、自分じゃすごい進歩だと思う。
「暴走って、夜……ですよね？」
　お母さんになんて言おう。
　きっとダメって……。
「愛莉のお母さんにはＯＫもらってるから」
「えっ!?　いつの間に」
「今朝」
　なるほど……。
　迎えに来てくれたときに話をつけておいてくれたんだ。
　お母さんってば、すっかり煌くんのことを気に入っているんだ。
　あんないい子いないから、しっかり捕まえておくのよー！
　いいＤＮＡも受け継げるわ〜。
　なんて、私が恥ずかしくなるようなことも普通に言っちゃってるもん。

暴走族の総長なんてことは絶対に言えない。
「だから、遅くなっても大丈夫だろ」
「は、はい……」
　整いすぎた顔をグッと近づけられ、気づけば私はうなずいていた。

　そして放課後。
　いつもまっすぐ家に向かう車は、知らない景色を走っていた。まずは、たまり場に連れていくって言われたんだけど……。
　ついた場所は、大きい倉庫のようなところだった。
　暴走族のたまり場って、漫画やテレビで見たことあるけどイメージどおり。
　たくさんのバイクが停まっていて、ちょっと怖くなる。
　車を降りると、そのあとすぐふたり乗りのバイクがやってきた。
　さすが暴走族……なんて思っていると、後部座席でヘルメットをとったのは……。
「千春ちゃん!?」
　あとで落ち合おうね、とは言われてたけど、バイクで登場するなんて……！
　運転していた彼もヘルメットをとると、現れたのはハクさんで。
　エンジンを切ってバイクを止め、後ろの千春ちゃんを抱えるように下ろしてあげる。

わわっ、なんだかお姫様みたい。
　って、かぼちゃの馬車じゃなくてバイクなのが残念だけど。
「怖くなかったの？」
　駆け寄って、千春ちゃんの安否を尋ねる。
　その顔は、私の不安をかき消すかのように笑顔。
「すっごく気持ちよかった！　病みつきになりそう」
「そ、それはよかったね……」
　反対に私は顔がひきつる。
　さすが千春ちゃんだなぁ。
「いつでも乗っけてやるよ」
　会話を聞いていたハクさんが親指を立てれば、千春ちゃんは、きゃきゃっと喜んで頬を染める。
　わかりやすいなぁ、千春ちゃん。
　でも、ハクさんは千春ちゃんのことを、どう思ってるんだろう……？
　恋とか愛とか、そんなロマンチックなものとは無縁そうだし。
　なんなら、彼女なんて星の数ほどいますけどみたいな顔してるよね……なんてことは口が裂けても千春ちゃんには言えないっ。
　だから、さっそく気になることを問いかける。
「まさか、暴走に参加するの？」
「今日は見学だけにするよ」
　そう言われてホッとする。

どんなのかわからないけど絶対危険だもん。
　千春ちゃんを危険な目にさらすわけにいかないよ。
「行くぞ」
　煌くんに促されて倉庫の中へ入ると、中には何人もの男の子たちがいた。
　外から思っていたイメージとはかけ離れるほど中は明るく、みんなスマホをいじったり、テレビゲームやダーツ、カードゲームをしていた。
　テーブルやイスも置かれていて、ちゃんと生活空間が成り立っている。
「お疲れです!!」
　煌くんに気づいたメンバーは、一斉に立ち上がって挨拶をする。
　暴走族……というだけあって、爽やかな男子高生……ってわけにいかない。
　髪の毛はカラフルだし、柄も目つきもいいとは言えない。
　そんな彼らからの視線を一身に浴びる。
　総長が女の子を連れてきてるんだから、当然かもしれないけど。
　こ、怖いっ……。
　久々に感じる男の子への恐怖で思わず肩をすくめると、
「見るな」
　煌くんの一言で、男の子たちは一斉に目をそらした。
　ホッ……。
　少し体の力が抜ける。

人の視線って、すごいストレスなんだな。
　それでも男だらけの空間。緊張しながら歩いていると、横にいた煌くんが私の手を握ってきた。
「……っ」
　手をつなぐの、初めてだ……。
　抱きしめられたり、キスされたり、膝枕させられたりとは違う、シンプルな触れ合い方にドキドキする。
　普通、触れ合うのは手をつなぐのが一番最初かもしれないけど、それがまだだった私にとっては、いつも以上にドキドキしちゃう。
　おっきいなぁ。煌くんの手。
　線は細いのに、その手はがっしりしていた。
　この手がものすごく強いこと、私は知ってる。
　私を呼び出した男たちを、こてんぱんにやっつけてくれたんだよね。
　私を守ってくれた手だ。
　安心感が込み上げて握り返すと、驚いたように視線を落としてくる煌くん。
　目と目が合って、思わず微笑み返すと、
「……っ」
　その顔は赤くなったような気がして……すぐにそらされてしまった。
　……どうしたんだろう……？
　そのまま進み、突き当たりの扉を開けると、こぢんまりとした空間があった。

「おー！　来た来た！」
　そこには南里くんと翔和さんのふたりだけがいて、少しホッとする。
　倉庫ってことを忘れて、まるで学校にいるような気分になれて。
「ここに女の子がいるって華やかでいいな」
「悪くはねえな」
　南里くんとハクさんの会話を聞く限り、普段女の子は来ないのかな？
　煌くんがソファに座り、いつものように隣に座らされる。
「大丈夫だったか？」
　そう聞かれ、苦笑いしながら首を傾けた。
「正直……少し怖かったです」
「悪かったな。男ギライなのに」
「でも、だんだん治ってきてるので大丈夫です」
　これも煌くんのおかげ。
　って、おかげ、なんて。結局いいことをしてもらったみたいになってるね。
　……あれ？
　煌くんをホッとさせるために言ったのに、煌くんの顔は曇ったまま。
「べつに、治んなくていいんだけど」
　むしろ、そんなことを言う。
「え？」
　言ってることが前と違うんじゃ……。

治してあげるって言ったのは煌くんだし、治らないと困るとも言ってた。
「もう俺は平気だろ？　だったら他のヤツは無理なままでいいから」
「あ……」
　ポッと頬が熱くなる。
　涼しい顔してるけど、すごく恥ずかしいこと言われてるよね？
「ひゅーひゅーひゅー」
　なんて、ハクさんが冷やかしてくるからなおさら。
「ま、毎日ここにいるんですか？」
「そうだな」
　恥ずかしくて、誰にともなく問いかけた疑問を拾ってくれたのは翔和さん。
「夕飯とかはどうしてるんですか……？」
「下っ端に買いに行かせるか、どっかに食いに行くかしてるな」
　これは、お菓子に手を伸ばしながらハクさんが。
「事情があって家に帰れねぇヤツらもいる。ここに来れば誰かいるし、メンバーであれば24時間365日出入り自由だ」
　へぇ……。
　もうここが生活の拠点みたいになってるんだ。
　すると、思いがけない言葉が耳に入ってきた。
「煌もひとり暮らしだからな」
「えっ？」

「ハク、余計なこと言うな」
　煌くんが一喝したからそれ以上聞けず、この話は終わってしまったけど。
　どうしてひとり暮らしを……？
　気になって仕方ないけど、なんだか聞いちゃいけない雰囲気で、それ以上踏み込めなかった。
　お菓子を食べたりテレビを見たりして過ごしていると、
「そろそろ着替えるかー」
　寝転がっていたハクさんが起き上がった。
「特攻服ですか!?」
「ああ、それ」
　千春ちゃんの問いかけに、ハクさんは壁を指さす。
　そこには、黒い服がかけられていた。
　……これが特攻服？
　言葉は聞いたことがあるけど、初めて見た。
　サテンぽい生地で、豪華な刺繍が施されている。
　これを着るんだ。
　すごく似合いそう……なんて密かに胸を躍らせながら、視線を戻すと、
「きゃっ！」
　ハクさんが上半身裸になっていて、慌てて両手で目を覆った。
　まさかここで着替えるの!?
「俺のシックスパック、すげーだろ〜」
　おまけに、腹筋を自慢し出すから大変。

「わ～！　すごい！　触ってもいい？」
「もちろん」
　千春ちゃんは大興奮だけど、私はまだ目を覆ったまま。
「ハク待て、今日は向こうで着替えるぞ」
「そうそう。今日は女の子がいるからな！」
「はぁ～？　俺のシックスパック……！」
　結局、翔和さんと南里くんに引きずられるように、半裸のハクさんはこの部屋を出ていった。
　ふぅ……びっくりした。
　私ああいうの、ほんと無理だから……。
　そのとき煌くんは、どこかに電話をかけていて、
「ソラとカイを呼んでくれ」
　そう言うと、すぐにふたりの男の子がやってきた。
「「失礼しますっ！」」
　礼儀正しく挨拶しながら入ってきた金髪頭のふたりは、まだあどけない顔をしている。
　この子たちが、ソラくんとカイくんなのかな。
　よく見ると、同じ顔……双子!?
「煌さん、なんでしょう」
「お前らふたり、今日は彼女たちの警護に回れ」
「「わかりましたっ！」」
　彼女たち、で示されたのは他でもない私と千春ちゃん。
　警護って、何……!?
「ソラは愛莉、カイは榎本の警護な。ちゃんと責任果たせよ」
「「はいっ!!」」

まるで、軍隊の人たちみたいに勢いよく返事をする。
　仕草がいろいろシンクロしていて、息もぴったりだし。
　って、感心してる場合じゃなくて。
「煌くん……？　私たちなら大丈夫ですけど」
　警護なんてそんな大げさな。
　けれど、煌くんの顔は少しも笑ってない。
「大丈夫じゃねえよ。幹部の俺らが走らないわけにいかない。けど、その間に愛莉たちを放っておくわけにもいかない。今日はたくさんのヤツらが見物に来る。いつ何が起きてもおかしくないからな」
「……はい」
　これ以上反論しても、聞き入れてくれないことはわかってる。
　それに、一度怖い目に遭っている私は、それが大げさじゃないんだとどこかで思っていた。
　私がうなずくと、煌くんは今度はソラくんとカイくんに目を向ける。
「愛莉に手ぇ出すなよ」
　えっ……！
　なんてこと言ってるの!?
「「もちろんです！」」
　そんな言葉にも、全身全霊で答える彼ら。
　わわっ。
　真面目に答えられちゃって恥ずかしいな。
　そんな彼らに、煌くんは自信たっぷりに言う。

「てか、愛莉はお前らにはいっさい興味をもたねぇだろうけどな」
　あのぅ、煌くん？
　私だって煌くんに興味があるとは、一言も言ってないんだけどな……。
「その言葉、胸に刻みます！」
「刻みます！」
　刻んじゃうんだ……？
「じゃあ、あとでな」
　煌くんは満足そうに目を細めると、特攻服を持ってこの部屋を出ていった。
　結局残されたのは、千春ちゃんと、彼らふたり。
「ごめんなさい。あなたたちも、走りたいですよね……」
　暴走族に入ってるんだから、バイクが好きなはず。
　なのに警護なんて。
　申し訳なくて謝ると、
「いいんですっ！　煌さんに直々に頼み事してもらえるなんて、すごい光栄ですから」
「俺ら、それくらい煌さんに憧れてるんで」
　ソラくんとカイくんは、目をキラキラさせて言った。
　わぁ、なんて素直な子たちなんだろう。
　本能的に弟にしたいなぁなんて思っちゃう。
「あなたたち、双子？　いくつ？」
　千春ちゃんも同じことを思っていたみたいで、彼らに問いかける。

「はい！　双子です。俺が兄のソラで、こっちが弟のカイ。中3です」
　見た目は派手だけど、受け答えはしっかりしていて芯が通っている。
　人は見かけで判断しちゃダメだって、改めて思う。
「いやー、それにしても、煌さんも男だったんすね」
「おいっ、何バカなこと言ってんだよ！」
　ニヤッと口元を緩めたカイくんに、焦ったように口を挟むソラくん。
「だってそうだろ？　あの煌さんがだぞ？　女の人の話なんて聞いたことないだろ？」
「まあ……それもそうだな」
「こんなふうに一途に女の人を想ってるんだなって、ますます煌さんを尊敬しました」
　カイくんの言葉は私に向けられていて、まるで私がほめられているみたいでくすぐったい。
「俺も見習いたいっす！」
　一途に想ってる……って、客観的に見たら、そうなるのかな。
　当時者の私は……悪い気はしない。
　むしろ、うれしい。
「煌さんの彼女さんの警護を頼まれるとか、めちゃくちゃ光栄です！　頑張ります！」
　彼女じゃ……ないけど。
　そんなふたりの姿は素直にかわいいと思った。

「あなたたちにとって、煌さんってどんな存在なの?」
　聞きたかったことを、千春ちゃんが口にしてくれる。
「俺ら……親に見捨てられてて……。行き場のなかった俺たちに居場所を作ってくれたんです」
「煌さんは、俺たちの恩人なんです」
　……え?
　思いもかけなかった事情に、胸がズキンと痛んだ。
「ほとんどの人は俺らの区別もつかないけど、煌さんは間違えることなくちゃんと名前を呼んでくれるんです!」
「めちゃくちゃ憧れてます!」
　彼らの事情は複雑そうで苦しいけど……。
　そんな彼らにとって煌くんが憧れの存在なのは、なぜだか私が誇らしい気持になった。
　それからしばらく時間がたち……。
「そろそろ時間なんで行きましょうか」
　スマホで時間を確認したソラくんに言われ、私と千春ちゃんは連れ立って外へ出た。
　そこには、ここへ来た夕方とはまるで違う光景が広がっていた。
　たくさんのバイクのヘッドライトの灯りがあたり一帯を照らしていて、煌びやかに輝いている。
　見物客もたくさん。
　女の子も多く、メンバーと話したりスマホで撮影している人も。
　わあ……。

鳳凰って、こんなにすごい暴走族なんだ……。
　口をポカンと開けながら、圧倒されていると。
「もうすぐ、総長たちも来るはずです」
　ソラくんが言うとおり、しばらくすると特攻服に着替えた４人が姿を現した。
「っ……」
　瞬間。息をのむような圧倒的存在感に、体が硬直した。
　だって……あまりにも、凛々しくて、眩しくて。
　煌くんだけじゃなく、南里くんもハクさんも翔和さんも、いつもよりその存在感が増して、背筋が伸びる思い。
　普段の何倍ものオーラが放たれている。
　隣にいる千春ちゃんも、騒ぐかと思いきや、声も出なくなってるみたい。
　私の袖を無言で引っ張っている。
　その気持ちはよくわかった。
　私だって声が出ないもん。
「待たせたな」
　私の前まで歩いてきて足を止める煌くん。
　いつものように声をかけてくるけど。
　……直視できないよ。
　特攻服に身を包んだ煌くんは、まるで知らない人みたいで、心臓がありえない速さで鼓動を打っている。
　誰かのことを……男の子のことを……こんなにカッコいいなんて思ったのは初めてで。
「カッコ……いい……」

それは、自然な気持ちだった。
　煌くんに向けて……というよりは、突然目の前に素敵なものを見せられて、心の声が漏れてしまったような。
「……」
　すると、目の前の煌くんが今度は固まってしまった。
　あれ？　どうしたのかな？
　バイクのライトに照らされた顔は……赤く染まってる？
　そういえば、さっきもこんなふうになってたっけ。
「煌、くん……？」
　目の前で、手をひらひらと振ってみる。
　すると、ハッと我に返ったような顔をして。
「惚れ直した？」
　なんて、いつもの煌くんに戻って。
「は……、……っ!?」
　うっかりはいって言いそうになっちゃった。
　ううっ。
　戻ってくれたのはいいけど、相変わらずイジワルだよ。
　それって、惚れてる前提で聞くことだもんね。
　途中でそれに気づいて答えに詰まると、
「そういうとこだけ、いつもぬかりねえよな」
　ふっと笑われた。
　そして、煌くんの手が私の頬に伸びてくる。
　触れられて、ドキッとする胸。
「そのうち、もういいってほど好きって言わせてやるからな」

「……っ」
　胸のど真ん中にささるようなその瞳と言葉に、一瞬めまいがした。
　……こうやっていつも私の気持ちを翻弄して。
　ずるいよ、煌くん……。
「総長、お楽しみ中悪いけど、そろそろ時間じゃね？」
　ハクさんが皮肉ったように言うと、煌くんがチッと舌打ちしてから腕を上げた。
　それが合図になったのか、南里くんもハクさんも翔和さんも、用意されていたバイクに向かう。
　あれ？
　煌くんのバイクがないみたいだけど……。
「あの……煌くんのバイクはどこですか？」
「今は乗らねえ。鳳凰の総長は代々車って決まってんだ」
「車？」
　みると、バイクが列をなす途中に車が停まっていた。
　少し改造されているような、黒い車が。
「俺はあれに乗って、統率を図る」
　力強く放つ言葉には、ものすごく責任が込められてるように思えた。
　暴走族なんて、しょせんお遊び……そう思っていたイメージが変わる。
　総長っていう立場は、メンバーに何かあったら責任を取ったりと、ものすごく重い役割があるのかな。
「愛莉も一緒に乗るか？」

「いいいえっ……！　え、遠慮しますっ」
　バイクじゃなくたって、暴走に参加なんて怖くて無理。
　それに、そんな責任重大な煌くんの隣に、それこそお遊びで乗るわけにいかないよ。
「いつか隣に乗せるから覚悟しとけよ」
　パニくる私に煌くんはふっと笑みをこぼしてそんなセリフを吐くと、特攻服の裾を翻して車のほうへと進んでいく。
　ほんとに、もう……。
　特攻服を着てたって、いつものペースは変わらない煌くんに、思わずこぼれてしまう笑み。
　煌くんの動きが合図になったかのように、バイクのエンジンがかかり、それは後方まで連鎖していく。
　ブオオオオオンッ……!!
　体の奥底から響いてくる重低音。
　車のドアが開けられ、いざ総長君臨……といったその姿に、鳥肌が立つ。
　煌くんは、こんな大勢の人を従えるトップなんだ……。
　それを目の当たりにして、いかに彼がすごい人なのかを肌で感じた。
　ほんとにこの人、いつも私の膝枕で寝てるのと同じ人……？
　まるで夢でも見てる気分。
　やがて走り出す無数のバイク。
　夜の街に、それはまるで希望の灯りのように溶け込んでいく。

キレイ、だと思った。
　こんなの、自分なんかには一生縁のない世界だと思っていたのに。
　初めて見る景色に胸が震えた。


　暴走が終わったころには、夜の11時を回っていた。
　千春ちゃんは、ハクさんのバイクで送ってもらうみたい。
『俺が送ってく？』
　って南里くんが言ったけど、バイクの後ろに乗るなんて恐ろしくてとんでもない。
　その前に『他の男には送らせない』って煌くんがきっぱり言い放ったんだけど……。
　いつものように、煌くんと一緒に車で家に向かう私。
「疲れただろ」
「大丈夫です」
　いつもならもうすぐ寝る時間だけど、体が興奮して全然眠たくないんだ。
「愛莉の家までは30分くらいかかる。寝たかったら寝てもいいからな」
「平気です！」
　人前で……っていうか、煌くんの前で寝るなんて恥ずかしいし。勢い勇んで言ったけど……。
　5分も車に揺られていたら、あっという間に睡魔に襲われてしまった。
　やばい、こんなところで寝ちゃダメだ。

頑張ろうとしているのに重い瞼はすぐに落ちてくる。
「無理すんなって」
　煌くんが私の頭をグイっと自分の肩に引き寄せれば、そんな我慢の糸もすぐに切れてしまう。
「マジで寝ていいから」
　まるで、いつもと逆。
　心地のいい揺れと、温かい煌くんの体温に安心して。
「……煌……くん……」
　無意識に、シャツの胸元をぎゅっと握り。
「……っ」
　煌くんが驚きの声を漏らしたことなんて知らず……今日は、私が夢の世界へと旅立ってしまった。

♡溺愛3♡

## 転入生は、超絶美少女。

　あの倉庫に行って以来、私の中で煌くんに対する見方が確実に変わっていた。
　ううん。正確にはもっと前からなのかもしれない。
　呼び出された不良たちから、私を守ってくれたあのときから。
　男の子に対して嫌悪しかなかった私が、初めて誰かを『カッコいい』と思えた瞬間。
　そして、あの暴走の夜に見た煌くんの凛とした姿。
　まわりから慕われる姿を見て、なんかこう……胸をグッとつかまれるものがあったんだ。
　煌くんはというと……。
　相変わらず私の前ではあんな調子なんだけど。

　——ある月曜日の学校。
　今朝は、いつにも増して騒がしかった。
「ねえ、愛莉知ってる!?」
　千春ちゃんも、いつもよりテンションが高い。
「何を？」
「あのね、うちのクラスに転入生が来るらしいよ！」
「転入生？」
　こんな中途半端な時期に？
　今は６月。珍しい時期に転入生が来るんだなあ。

「女の子だって！」
「へー」
「へー……って。も〜、なんでそんなに無関心なの〜？」
「そんなことないよ。女の子なら仲よくできたらいいね」
　女の子でよかった。
　これ以上男の子は増えなくていいもん。
　そしてHRの時間。
　先生は、ほんとに転入生を連れてきた。
「今日からこのクラスに新しい仲間が増えます。皆さん、いろいろと教えてあげてくださいね」
　噂どおり、女の子。
「うぉりゃああー！」
「めっちゃかわいい〜！」
　静かに！という先生の静止も聞かず、男の子は勝手に盛り上がる。
　騒ぐのも無理ないよね。
　ものすごく美少女なんだもん。
　同性の私だって思わずぼーっとしちゃうほど。
　こんなにかわいい子、見たことないよ。
「じゃあ、一言挨拶してください」
　先生に促されて、彼女が一歩前に出る。
「父の仕事の都合でニューヨークから編入してきました、如月桜子です。皆さん、よろしくお願いします」
　ツインテールに緩くパーマがかけられた髪の彼女は、ぺこりとお辞儀をした。

よく通る少し高めの声は、アニメの声優さんみたいにかわいくて。
　アイドルみたいに目もパッチリだし、足なんてスラーっと長くて、色が白くてお人形みたい。
　身長は低めだけど、華奢なところもかわいさを倍増させている。
「すげえ、ニューヨーク!?」
「めちゃめちゃお嬢様じゃね！」
　男の子の興奮はものすごいけど、反対に女の子は面白くなさそうに友達同士で目くばせしたりしている。
「超ぶりっ子じゃん」
　そんな友好的じゃない声も聞こえてくる。
　ぶりっ子……かどうかわからないけど、女子力はこれでもかってくらい溢れ出ている。
　メイクも自然だしそんなに派手な印象はなく、白百合にふさわしい装いの女の子だと思うんだけど。
　もしかしたら仲よくなれるかな？
　さっきまでは興味がなかったのに、一気に彼女に関心をいだいた。
「じゃあ席は、二宮さんの後ろね」
　しかも後ろの席!?
　これはもう仲よくなれってことだよね？
　先生に誘導されて、如月さんが歩いてくる。
　通りすぎる瞬間笑いかけると、彼女もニコッと笑いかけてくれた。

休み時間になると、彼女はさっそく男の子たちに取り囲まれた。
　いきなりすごい人気。
　想像どおりというか……男の子もわかりやすいなぁ。
「如月さん、すっごいかわいいね」
　千春ちゃんに向かってそう言えば、少し苦い顔でキツいことを言う。
「かわいいのは認めるけどさ、性格悪そうじゃない？」
　もうっ、千春ちゃんまで！
「そんなこと言ったら如月さんがかわいそうだよ」
「だって見てよあの態度。男を手玉に取るタイプだね」
「……千春ちゃん……」
　頬杖をついて、ニコニコと男の子たちの話に相槌を打っている姿は、転入生にしては余裕のある態度に思えるけど。
　海外にいたならそのくらい普通なのかな、と私は大して気にならなかった。


　次の時間は教室移動だった。
「愛莉、遅れちゃうっ！」
　トイレから出ると、千春ちゃんは"早く早く"とせかしてくる。
「ごめんねっ、先に行ってて！」
　千春ちゃんにそう告げ教科書などを取りに行くために慌てて教室に飛び込むと、そこには如月さんがひとり取り残されていた。

「あの、どうしたの……？」
　声をかけると彼女は不安そうな目で私を見る。
「次、視聴覚室に移動だけど……」
　少しドキドキしながら声をかけると、すがるように口を開いた。
「そうなの？　私知らなくて……。それに、視聴覚室の場所もわからないし……」
「じゃあ、一緒に行こう？」
　あれだけ人が寄ってたかっていたのに、肝心なことは誰も教えてあげなかったのかな。
　群がるだけ群がっといて、誰も連れていってあげないなんて、冷たいなぁ。
「ありがとう」
　如月さんは優しくフワッと笑う。
　わぁぁ、なんてかわいいんだろう。
　私が恋に落ちちゃいそうだよ。
「二宮さん……だよね？」
「うん」
「私のことは、桜子でいいよ。えっと……」
「私は愛莉です」
「愛莉ちゃんね」
「うん、よろしく」
「よかったぁ。友達ができるか不安だったの」
　桜子ちゃんは、ホッとしたように優しく笑う。
　ツンとしている感じもないし、普通の子と変わらない。

千春ちゃんが言っていたような印象を抱くこともなく、視聴覚室への移動の間、話は弾んだ。
　無事に授業が終わり、帰りも桜子ちゃんと一緒に戻ってくる。
　このあとはお昼休みで、早い子はもう教室でお弁当を広げていた。
　私も急いであやめに行かないと。
　なんだか最近、お昼の時間がすごく楽しみになってる自分がいた。
　初めのころは気が重かったのに、今は足取りさえ軽い。
　煌くんと過ごすこの時間が、ちょっぴり楽しいと思ってたりして。
　今日は卵焼きをいつもより多く入れてきたんだ。
　煌くんが食べるかなと思って。
　ふふふ。
　弾む胸でカバンからお弁当を取り出していると、桜子ちゃんに声をかけられた。
「愛莉ちゃん、一緒にお昼食べてもいい？」
「あ……」
　どうしよう。桜子ちゃんをあやめに連れていくわけにはいかないよね……？
　煌くんが、フレンドリーに私の友達を受け入れてくれるとは思えない。
　でも、転入したばかりで不安なのもすごくわかるし。
　お昼ご飯、ひとりじゃ寂しいもんね。

だったら、つばきはどうだろう？
　ハクさんや翔和さんなら、桜子ちゃんを受け入れてくれそうな気がする。
　千春ちゃんもいるし。
「ちょっと待ってね」
　千春ちゃんの元へ行き、伺いを立ててみる。
　すると、
「は？　嫌だよっ！　あんなかわいい子、ハクさんのところに連れていきたくない！」
「えええ……」
　千春ちゃんからは冷たく突き放されてしまった。
　はっきりしてるなぁ。
　恋する女の子の心理としてはわかるし、千春ちゃんの性格上、そう言われることも予想はできてた。
　やっぱりダメか。
「それに、そんな勝手なことしたら煌さんに絶対怒られるよ！」
「そ、そうだよね……」
　応接室を使えるのはトップ4だけ。
　他のメンバーは、たまり場として別の空き教室を使っているんだって。
　もちろん女の子なんて、普通は入れないところ。
　私たちは特別なんだと、翔和さんからも釘を刺されているからわかっている。
　でも……。

心苦しい想いを抱えながら桜子ちゃんの元へ向かうと、
「あ……」
　私に声をかけたことは忘れてしまったのか、桜子ちゃんは自分の席でお弁当を広げていた。
　まわりには、デレデレした男の子たちがたくさん。
　その中で、桜子ちゃんはニコニコ笑っていた。
　これなら大丈夫だよね……？
　私は安心してあやめへ向かった。


　今日もソファで並んでお弁当。
　煌くんは、コンビニで買ってきた親子丼を食べている。
　３日に１回はこれを食べてるから大好きなんだろうな。
「今日、うちのクラスに転入生が来たんですよ」
　私はさっそく今日のビッグニュースを伝えた。
　早く話したくてうずうずしてたんだ。
　なのに。
「それが？」
　冷たい反応。
「それが……って、興味ないんですか？」
「まったく」
「……っ。アイドルみたいにめちゃくちゃかわいくて、男の子は大騒ぎですよ！」
　めげずに話を続ける。
　もっと自分のクラスに興味を持ってもらいたいなって。
　最近はまったく教室に寄りつかないから、少しでもクラ

スの雰囲気が伝わればいいと思って……。
　でも、煌くんの反応はまったく予想と違った。
「で？　俺にもその子を見て騒げと？」
「……っ、そ、そういうわけじゃないですけど……」
「どっち？　騒いだほうがいいの？」
「やっ……えっ……」
　言葉に詰まってしまう。
　……イジワルだなぁ。
　こんなふうに言われるなんて思ってなかったよ。
　まるで、私を試してるみたい。
　そりゃあ、煌くんが桜子ちゃんを見て『かわいい』って思ったら、いい気持ちはしないかもしれない……。
　あれ？
　これってどうしてだろう……。
　私、煌くんのこと……。
「それとも計算？」
「え？」
「愛莉のほうがかわいいよ、とか言ってほしいの？」
「そ、そんなつもりはっ……」
　イジワルな笑みを浮かべ、寄せられる顔。
　なんで話がそっちに行くの？
　たまにこうやって煌くんはイジワルになる。
　かわいいって言われたいなんて図々しいにもほどがあるし、夢にも思ってないのに。
　それ以上何も言えなくてだんまりを貫くと。

「悪い子だな、愛莉は」
「……っ、」
　そのままトンッと肩を押されれば、簡単に仰向けに倒れる私の体。
　白い天井が目に入って……すぐにそれが煌くんの顔に変わる。
　ひぃっ！
　とっさに、胸元をクロスさせた。
　貞操……貞操……。
「守るのはいつもそこだよな。じゃあ、ここはいいってこと？」
　そう言うと顔を近づけてきて、唇と唇が今にも触れそうな距離に到達する。
　──ドクンッ……！
　今日こそほんとにキスされちゃう!?
　それは……困る……っ。
　逃げることもできず、でも抵抗もできず、ただぎゅっと目をつむって身を固くする──と。
「一瞬で、転入生のことなんて忘れただろ？」
　耳元でささやかれる甘い声。
「そんなことより、もっと俺に興味持てよ」
「……」
「覚えといて。俺は、愛莉にしか興味ない」
　ゆっくり目を開けると。
　……ちゅっ……と、おでこに口づけられた。

「……っ、はぁっ……」
　……もう。
　呼吸が止まっちゃうかと思った。
　煌くんのおふざけは、ほんとに心臓に悪いよ。
　それでもおでこでよかった……なんて思ってる私は、どれだけ煌くんに飼いならされてるんだろう。
　以前の私じゃありえないのに。
「ふふっ」
　そんな私を見ている煌くんは、逆に楽しそう。
　いつだって、私は振り回されてばかりで。
　ドキドキさせられて。
　もう、完敗だよ……。


「愛莉ちゃん、どこに行ってたの？」
　お昼休みが終わりあやめから教室へ戻ると、桜子ちゃんに声をかけられた。
「一緒にお弁当食べれると思ってたのに」
「えっと……」
「私、待ってたんだよ？」
　少し口を尖らせる彼女に、頭にハテナが浮かぶ。
「……」
　誘われて、千春ちゃんに確認しに行っている間にもう桜子ちゃんは男の子たちと食べはじめてたんだよね……？
「ご、ごめんね。私いつも別のとこで食べてて……」
　でも、やっぱり私が悪いのかと謝ると。

「なぁんだ〜、それならそうと言ってくれたらいいのに〜」
　ぱあっと表情を明るく一変させる桜子ちゃん。
「もしかして、彼氏!?」
「……っ」
「わっ、愛莉ちゃん顔赤〜い、図星だぁ」
「ち、違うよっ」
　だってほんとだもん。
　煌くんは、彼氏じゃない。
　否定しても、桜子ちゃんは信じてくれなくて。
「それなら仕方ないよねっ。お邪魔はしないよっ」
　ツインテールの髪を揺らしながら、体をクネクネさせる。
「じつはね、私も好きな人いるんだぁ」
「そうなの？」
「へへっ、今度紹介するね」
　紹介ってことは、彼氏かな？
　頬を染める桜子ちゃんはかわいさが倍増して、恋する女の子はいいなぁなんて思った。
　それからしばらくたっても、桜子ちゃんは注目の的だった。
　休み時間のたびに、学年問わず男の子たちが彼女を見にくるくらい。
　まだまだ桜子ちゃんフィーバーは続きそう。
　反対に、今まで構われていた女の子たちがおろそかにされてしまったからか、その子たちは明らかに不満そう。
　しかもそれを露骨に出しているのが怖い。

クラスの女の子は誰も桜子ちゃんに話しかけようとはしなくて、敵視しているのがまるわかり。
　これが共学の怖さなのかな……。

　そんなある日、千春ちゃんがすごい情報を持ってきた。
「如月さんて、"ジュエリーKISARAGI"のひとり娘らしいよ」
「えっ、そうなの？」
　"ジュエリーKISARAGI"というのは、日本だけじゃなくて海外でも有名なアクセサリーブランド。結婚指輪では誰もが憧れる有数のブランドだ
　去年のクリスマスプレゼントにもらいたいものでは、ナンバーワンのブランドになっていた。
　デザインがとってもかわいいから女の子ならみんな憧れてるし、密かに私もそのひとり。
「生粋のお嬢様ってわけね」
　今日も男の子に囲まれている桜子ちゃんを腕組みしながら見て、納得したようにうなずく千春ちゃん。
　桜子ちゃん、ただものじゃないと思っていたけど。
　かわいいだけじゃなくて、振る舞いが本物っぽかったのはそのせいなんだ。
「海外でも有名なブランドだし、名実ともにトップクラスだもんね」
「桜子ちゃん自身もすごく優秀だしね」
　いきなりクラスでの成績はトップに躍り出たし、もっと

他の学校でも余裕で編入できたはず。
　どうしてこの学校に来たのかが謎だよ。
「それでね、同じグループ会社に御曹司の許嫁(いいなずけ)がいるらしくて、その彼も海外にいたんだけど一緒に日本に戻ってきたみたいよ」
「すごい情報通だね……」
　千春ちゃんのミーハーっぷりに苦笑い。
　それにしても、今どき許嫁って存在するんだ。
　会社のためなら仕方ないのかな。
　そう考えたら、ちょっぴりかわいそうな気もする。
　あ、でも好きな人いるって言ってたっけ。
　マイナスな感じはしなかったから、ちゃんと好きなのかな？　だったらいいけど。
「でね、彼はあの名門、聖鷗(せいおう)学園に通ってるらしいよ」
「えー、すごーい！」
　聖鷗学園というのは、日本最高峰と言われてる男子校。
　将来は、官僚や弁護士や医者など、エリートコースへの道が約束されている。
「わっ、久しぶりに愛莉が興味持った」
　私の返しに千春ちゃんはうれしそう。
「聖鷗学園って聞いたらびっくりするよ！」
　だって、そんなすごい人と接点を持つ人に初めて出会ったもん。
　ちょっと世界が違うなぁ。
　桜子ちゃんが転入してきて数日。

私とはよくお喋りをするけど、本人からはそんなの聞いたことなかった。
　きっと、誰かが耳にした話が尾ひれをつけてひとり歩きしてる可能性もあるから、全部を信じるのはどうかと思うけど、すべてがウソってわけでもなさそうで。
　お嬢様、なのか。
　本人はそんなこと一言も言わないし、鼻にかけてないと思うと好感が持てた。

## 隠しごと。

放課後になって。
私はトイレに駆け込む。
鏡の前で髪をとかし、身だしなみを整えて、最後にほんのりピンクに色づくリップを唇に乗せた。
「よしっ」
これから向かうのは、あやめ。
その前にこんなふうに身だしなみチェックとか、なんか恋する女の子みたい。
って、あれ？　私……。
これじゃあ、まるで煌くんのこと好きみたいじゃない？
そう思った瞬間、バクンッと心臓が鳴って胸が熱くなる。
な、何……？
最近、自分じゃよくわからない感情に襲われる。
男ギライが治ったわけじゃないけど、煌くんは大丈夫。
むしろ、一緒にいて落ちつくし、早く会いたいなんて思ってて。
これって、なんなんだろう。
自分の気持ちがよくわからないよ……。
「あっれー？」
トイレから戻るなり、千春ちゃんに突っ込まれた。
視線は明らかに色づいた唇に向けられている。
ぎくっ。

「愛莉さん、これからデートでもあるんですか〜」
「うっ……」
「そんなにおめかししてどこ行くの〜?」
　千春ちゃん!　笑顔が黒いよ。
　その勢いに引きぎみに答える。
「べ、べつにおめかしなんてっ……」
　煌くんからメイク禁止令が出たから、これは自己満程度のものだもん。
　唇くらいツヤツヤさせたいなって思うようになったの。
　だったらまわりの子はどうなるの!?って言いたいよ。
　これくらいじゃ、煌くんだって気づかないだろうし。
「なんだかんだ、愛莉もわかりやすいね〜」
「え?　どういうこと……?　私は全然わかんないのに」
　後半を伏し目がちに言えば、笑う千春ちゃん。
「何がわかんないの?」
「あのね……なぜか、お昼とか放課後が来るのがすごく楽しみで……。煌くんのこともっと知りたいとか思ったり。今まで、男の子になんてまったく興味がなかったのに……これって、なんなんだろう」
　千春ちゃんに打ち明けるのは恥ずかしかったけど、私のことをすごくよく理解してくれている友達だから。
　心の中のモヤモヤを吐き出してしまった。
　煌くんのこと、もっと知りたいと思ってる自分がいる。
　最初に言われた言葉『そのうち、誰よりも俺のことを知るようになるから』。

そんなことあるわけないと思ってたのに。
　結局……私は煌くんの思いどおりになっちゃってる。
　でも、それが嫌ってわけでもないから不思議。
　まるで、自分の体を誰かに乗っ取られちゃったみたい。
　すがるように千春ちゃんに気持ちを吐露すれば、
「ここまで鈍感だと、ほんとある意味白百合の化石なのかもしれないけど」
　かなり失礼な前置きをつけたあと。
「それが恋ってやつなんだよ」
　言われた言葉に、ビリビリビリッ……と、全身を雷に打たれたような衝撃が走った。
　恋……？
　一瞬、気持ちが放心する。
　千春ちゃんは、そんな私を見てふっと顔を緩めると両肩に手を置いた。
「愛莉は、もう煌さんのこと好きになってるんだよ」
「えっ……」
「誰かのためにかわいくなりたい、かわいく見せたい、早く会いたい、なんでも知りたい。それが恋なの」
「恋……」
　呟いて、言葉をかみしめる。
　この想いをかみしめれば、とても温かくて、すごく優しい気持ちになる。
　これが、恋……。
「そうかそうか。愛莉もようやく、恋に目覚めたんだね。よー

しよし」
　千春ちゃんが、私をぎゅーって抱きしめてくれる。
　なんだか、照れくさいな。
　まるで、初めてひとりでお使いできてほめられた子供みたいだよ。
「言ってあげなよ。私も好きよーって。煌さん、首ながーくして待ってるはずだから」
「で、できないよっ！」
　暴走の日も、ソラくんたちとのやりとりを見て『めちゃめちゃ溺愛されてんじゃん！』って冷やかされて恥ずかしかった。
　両手で顔を覆い、言葉をこぼす。
「まだよく……わかんないもん」
「んなこと言って〜。早くしないと誰かに取られちゃうよ？」
「ええっ！」
　そ、それは困る……！
「なーんてね。大丈夫だよ、煌さんは愛莉しか見えてないから」
「っ」
　そう言われたら言われたで、やっぱり恥ずかしいんですけどっ。
「それにしても……あの溺愛は、異常よね」
　千春ちゃんの呟きに、もっと顔が熱くなった。
　千春ちゃんにバイバイをして、向かうはあやめ。

タンタンッ……と軽快に階段を下りていく。
　なんだか心が軽くなったのは気のせいかな？
　だけどあやめについたら、急に奥歯をかみしめたくなるような緊張に襲われた。
　どんな顔して煌くんに会ったらいいんだろう。
　いつもどおりでいられるかな。
　ふぅ。
　深呼吸をして、前髪とスカートの裾を整えて、ノックしようとした瞬間だった。
「きゃははは」
　中からそんな声が聞こえてきたのは。
　……え？
　誰かいるの？
　こんなこと今までなかった。
　中には煌くんがひとりでいて、私が来るのを待っていてくれている。
　ハクさんや翔和さんも、放課後はつばきにいるんだし。
　それとも、今日はちゃんと応接室として使われているとか……？
「それにしても久しぶりだな」
　そんなわけなくて。
　聞こえてきたもうひとつの声は、煌くんのものだった。
「ほんとだよ。何年振り？　相変わらずカッコいいね」
　その声にも聞き覚えがあった。
「桜子、ちゃん……？」

少し高めの特徴のある甘い声は、桜子ちゃんのもので間違いない。
　でも、どうして煌くんと桜子ちゃんが……？
「んなの、知ってるだろ」
「だよねー。あははっ。でも超タイプなんだもんっ」
　しかもとっても親しげ。
　頭の中が真っ白になる。
　煌くんが、女の子と喋ってるのなんて聞いたことなくて。
　──ズキンッ。
　胸の奥に、感じたことのない痛みが走った。
　なんだか、重い鉛を乗せられたように、苦しくて……。
　中からは、相変わらず弾んだ会話が聞こえてくる。
　ええと、ええと。
　私はどうすればいいんだろう。
　でも、煌くんは私がここに来るのを知っているわけだから、密会ってわけじゃないよね？
　だったら、私は逃げも隠れもせずに、堂々と入っていけばいいだけで……。
　ゆっくりドアに手をかけた。
　微かに、手が震える。
　──と。
　細く開いたドアのせいで、その声は、はっきりと耳に届いた。
「女なんて誰でもいいんだよ」
　──え？

今、なんて……。
女なんて誰でもいい——？
ドアを開ける手が止まってしまう。
その言葉の意味が理解できないまま、ストップしてしまった思考回路。
「おい、何やってんだ？」
心臓が凍りつきそうになっているところに声をかけられて意識を向ければ、翔和さんがいた。
隣のつばきから出てきたところみたい。
「……っ」
気づけば、私はその部屋へ飛び込んでいた。
だって、あの中になんて入れないし、だからといって、あのままあそこにもいれないし。
「おいっ、何して……っ」
私の行動には、さすがの翔和さんも戸惑っている様子。
外へ出ようとしていたはずなのに、また中へ戻ってくる。
中には、南里くんとハクさんもいた。
「おっ、愛莉？　どうした？」
しかも私、今、すごい顔してると思う。
でも、そんなの構わなかった。
あやめの方角を指さし、口にする。
「桜子ちゃんが……いて……」
「桜子……？　ああ、南里が言ってた転入生か」
ハクさんが雑誌から顔を上げる。
「は？　どーゆーこと？」

南里くんは眉をひそめた。
「私も……よくわかんない」
「なんで転入生があやめに？　何？　あの転入生と煌は知り合いなの？」
「さあ、聞いたことないな」
　翔和さんでさえ首をかしげるということは、誰も知らなそう。
「さすがお嬢様。校内ナンバーワンの存在を知って、いてもたってもいられなくなったとか？」
「んな理由で簡単に煌が立ち入りを許すわけないだろ」
「そりゃそうか」
　翔和さんは、ハクさんの想像をあっさり打ち消す。
　そうだよ。
　そんなの、煌くんが許すわけない。
　……許して……ほしくない。
　あ、でも久しぶりとか言ってたような……。
　そのことを思い出して口を開きかけたとき。
　──ピピピピ。
　翔和さんのスマホが着信を知らせた。
　画面に目を落としたあと、私をチラリと見ると応答した。
「ああ、どうした？」
　もしかして……煌くん？
「……そうか。じゃあ俺が迎えに行ってくる」
　私の目をじっと見ながら話す内容を聞いて確信する。
「煌が探してる」

……やっぱり。

　じゃあ桜子ちゃんはもういないってこと？

　桜子ちゃんとの用事が終わって、私を思い出したのかな。

　わかりやすく自分の気持ちが落ちていく。

「ここにいるって言うと面倒だから、俺が迎えに行って連れてきたことにしておこう」

　私があやめで見たことは内緒みたい。

　……ああ、なんだかすごく行きたくなくなっちゃった。

　さっきまで、早く煌くんに会いたいなんて思っていたのに……。


　──コンコン。

　それから2、3分置いてからこの部屋を出て、私はあやめの扉をノックした。

「ご、ごめんなさい。ちょっと、トイレに寄ってて」

　何もなかったふうを装い、いつものようにあやめに入る。

　トイレ、なんて色気なかったかなと言ったあとに思ったけど、そのときは考えてる余裕がなかったんだ。

「遅くなったら心配するって言っただろ？」

　いつもと変わらない煌くん。

　その口調には、本当に心配そうな気配が感じられるけど。

『女なんて誰でもいいんだよ』

　間違いなく煌くんの口から出た言葉だった。

　この耳ではっきり聞いちゃったんだから。

　胸に大きな塊がのっかっているかのように苦しい。

それって、私もそうなの？
　べつに私じゃなくて、他の誰かでもよかったってことだよね。
　だったらどうして、私なの？
「いつまで突っ立ってんの？　座れよ」
　手を引かれ、ソファに座れば。
　そこにはほんのりと残る温もり。
「……っ」
　ここにさっきまで桜子ちゃんが座ってたのを、リアルに感じる。
　どうして、こんなときに気づいちゃったんだろう。
　煌くんが……好きだって。
　じゃなければ、こんなに苦しくなかったのに。
　こんなに傷つかなかったのに。
「何、どうしたの？」
　何も知らない煌くんは、黙ったままの私を不審そうに見てる。
「……」
　煌くんが何か言ってきてくれたら、私も納得できるかもしれない。
　さっきまで、ここに桜子ちゃんがいた理由が。
　でも、何も言ってくれないもんね。
　それが余計に私の不安をあおるの。
　今まで、煌くんが女の子と親しくしているところを見たことなんてなかったから余計に。

自分だけに向けられていたからそれが当たり前になって。
　他の女の子と仲よくしているだけで、胸がざわざわするんだ。
「マジで何？」
「なんでも、ないですっ……」
「ウソつけ」
「ほんとです」
「俺に隠しごとができると思ってんの？」
　腕をとられ、接近する顔。
　──ドキッ。
　こういうとき、なんでもないフリをすることすら私はできない。
　なんでも見抜かれちゃう。
　ウソのひとつも上手につけない。
　聞きたいことを聞けない私は弱虫で。
『女なんて誰でもいい』
　その言葉にひどく傷ついてる。
　私のことなんてどうでもいいって思われていたほうが楽だったはずなのに、もうそれがつらい自分がいるの……。
「……？」
　煌くんの目が、私のある部分に気づいた。
「それ……」
　……さっき薄いピンク色を乗せたばかりの唇に。
「み、見ないでくださいっ」

サッと口元を手で覆い隠す。
　うきうきして唇に色なんて乗せて。
　そのあと、何が起こるかなんて知りもしないで。
　バカみたい……。
「だから、俺に隠し事なんてできねえんだって」
　けれど、そんなものもあっさりと退けられてしまい。
　煌くんの目の前で露わになる私の唇。
「なんでそんなのつけてんの？」
「そ、それは……」
　少しでも、煌くんにかわいいって思われたかったから。
　この間みたいなメイクは、私には似合わないってわかってる。だから唇だけでも……って欲をかいちゃったんだ。
「他の誰かに見せた？」
　この姿でつばきに入ったから、南里くんたちには見られたけど……そのことは今言えないし。
　ふるふると首を横に振ると、なぜかホッとしたように軽く息を吐く煌くん。
「愛莉がそんなんだと、調子狂うんだけど」
　……。
　リップも似合わないのかな？
　……私は地味でいたままのほうがいいんだね。
　再び思い知らされる自分の魅力のなさにショックは隠せず、昔『ブス！』と言われた記憶までもが、まざまざとよみがえり、目をつむった。
　何年たっても、誰から見ても私はそんなんなんだ……。

だから、こうやっていいようにからかわれちゃうんだ。
「なんか眠気吹っ飛んだ」
　いつもはすぐに私の膝に寝転ぶ煌くんだけど、不機嫌になってしまい。
「帰るか」
　そう言う煌くんに従って、その日はあやめで過ごすことなく、学校を後にした。

## 広がるモヤモヤ。

「なんだかやっぱあの子、好きになれない」
　千春ちゃんが、机に頬杖をついて視線をぼーっと送る先は……桜子ちゃん。
　休み時間になれば、桜子ちゃんのまわりには男の子が群がる。
　そうすると、桜子ちゃんの席の前の私は居場所がないから、千春ちゃんのところに避難しているんだ。
「もうさ、私を見て見て～ってオーラがびんびんに出てるよね」
「千春ちゃん……」
　全然真似できてないし。
　お昼ご飯は、相変わらず桜子ちゃんのまわりに男の子が群がる形で食べているみたい。
　男の子たちの興味が桜子ちゃんばっかりに向いていることに、クラスの女の子は文句を言っていた。
「どうして男っていうのは、あーゆー女に騙されるわけ？明らかに色目使ってんじゃん」
　千春ちゃんも同様に。
　最近、桜子ちゃんのことでピリピリ度が増している。
「ハクさんにそうしてるわけじゃないから、まだいいんじゃないかな……」
　好きな男の子に対してじゃなければ、そんなに目くじら

を立てるようなことでもないと思うんだけど。
「いーや。目障り」
　それでも千春ちゃんはバッサリ斬った。
「でも……色目ってわけでもないような……」
　私からすると、色目を使おうとしているんじゃなくて、お嬢様として育った結果のことで。
　注目を浴びることが当たり前で、身の振り方も自然と身についてしまったのかも。
　変にすましていれば、それはそれで文句を言われるんだと思う。
「はー。ほんと愛莉って……」
「何？」
「なんでもない」
　うっ……。
　言う価値もないですか？
「そんなこと言ってると、そのうち煌さんにも同じことし出すよ？　今は教室に来てないから知らないだけで、あのメンバー見たらあれどころじゃないんじゃない？」
　……っ。
　それを言われれば、私も気持ちが下がる。
　私だって、悠長に桜子ちゃんの肩を持ってる場合じゃないかもしれない。
　桜子ちゃんは、もう煌くんに会ってるし。
　というか、知り合いみたいだし。
　桜子ちゃんは煌くんが好きなのかな……。

だとしたら、本人に向かって『超タイプ』なんて言っちゃう神経の太さは大したもの。
　じゃあやっぱり、聖鴎学園に通う許嫁の人が好きなんじゃなくて。
　本命は、煌くんってこと？
　しかも、煌くんもまんざらじゃなさそうだった。
　カッコいいって言われて『んなの、知ってるだろ』って。
　そんなうぬぼれ発言する人だっけ？
　"鷹柳煌"という人が、わからないよ……。
「煌さんが来たよっ！」
「きゃっ、ほんとだ」
　始業ギリギリになって、煌くんが教室にやってきた。
　ドクンッ！
　心臓が軽く跳ねる。
　……煌くんは、気まぐれにこうして教室に来たりもするんだ。
　今朝の車の中では、ほとんど会話がなかった。
　私は昨日の出来事を引きずっているし、煌くんも同じなのかも。
　メイクをしたことについて、まだ怒ってるんだ。
　煌くんは、結構頑固なところがあると学んだ。
　よりによって、どうして今日教室に来るかな……。
　余計に気まずいよ……。
「やっぱカッコいいよね」
「ほんと目の保養」

煌くんが教室に来ると、空気がいっぺんに変わった。
　いつも桜子ちゃんに群がっていた男の子たちですら、大人しくなってしまう。
　最近の桜子ちゃんフィーバーに面白くなさそうだった女の子たちの目も、久々に輝いた。
　けれど。
「わーっ、煌だ〜」
　なんて桜子ちゃんが叫ぶものだから、クラスが静まりかえった。
「おはよ〜」
　パタパタと駆け寄り、煌くんの腕をつかむ。
　……っ。
　見ていられなくて、目をそらしてしまった。
　そして、ざわつく教室。
　……無理もないよね。
　あの桜子ちゃんと煌くんが……親しげに話をしているんだから。
「ちょ、何あれっ!?」
　千春ちゃんは、目を白黒させてその光景を見ていた。
　桜子ちゃんを取り巻いていた男の子たちも、顔がひきつっている。
　チヤホヤしていた子が、鳳凰の総長と知り合いなんて知って、生きた心地がしないはず。
「知り合いみたいだね……」
「なんでそんなに冷静なのよ！」

「昨日ね、あやめに桜子ちゃんがいて……」
「はぁーっ!? なんであの子が、ふがっ……」
　それは相当驚愕の事実らしく、あまりに大きな声を出すものだから、私は彼女の口を塞ぎながら廊下へ連れ出した。
　煌くんと一緒にいる桜子ちゃんを、見たくなかったっていうのもあるけど……。
　そして、昨日あやめで見たことを伝えた。
　……煌くんの、あの言葉以外。
「信じらんない。あれだけかわいくてお嬢様で、しかも煌さんと知り合いだなんて。どれだけ世の中は不公平にできてるのよー」
　ハンカチをくわえながらジタバタする千春ちゃん。
　そこ……？
　相変わらず、千春ちゃんの突っ込みどころには苦笑いしちゃうよ。
　強張っていた頬も思わず緩んだ。
「いったい接点はなんなわけ!?」
「さぁ……」
　そうだよね。
　私も不思議。
　5年くらい海外にいたみたいだけど、その前から知ってたってことになると。
　小学校の同級生とか……？
「さあって、なんでそんなのんびりしてるの!!」
「だ、だって……」

「もうさ、あの子が煌さんと知り合いとか、誰も何も言えないじゃん」
　千春ちゃんは、お手上げといった感じで肩をすくめた。
　確かに。
　桜子ちゃんを敵に回していた女の子たちも、さすがにこの光景には苦虫をかみつぶしたような顔をしていた。
　ただでさえ、男の子たちにチヤホヤされているのが面白くないのに、煌くんと知り合いとなれば、逆にもう何も言えなくなると思う。
「初めまして、このクラスに転入してきた如月桜子です」
　次に、ハクさんと翔和さんにも挨拶する姿が廊下からも見えた。
「どーも……」
　ふたりも少し困惑しているよう。
　ハクさんは口先だけで言い、翔和さんは軽く会釈しただけだった。
「も～、ハクさんに近寄らないでっ！」
　そんな姿を見て、千春ちゃんはさらにジタバタしていた。

　休み時間にトイレに行ったら、たまたま桜子ちゃんと鉢合わせしてしまった。
「わ、愛莉ちゃんだ！」
　個室から出てきたタイミングが一緒だったのだ。
「桜子ちゃん……」
　桜子ちゃんはニコニコ顔だけど……気まずい。

心の中で、できれば関わりたくないと思っちゃってる私だって、クラスの女の子たちと同じなのかもしれないな。
　並んで手を洗う。
　沈黙が余計に不安をあおって、何か会話を……そう思った結果。
「桜子ちゃんと、こ……鷹柳くんて知り合いだったの？」
　そんなことを聞いてしまった。
　自分から煌くんの話題を振るなんて、自爆同然かも。
　でも聞かなきゃ気が済まなかったんだ。
　心臓の音は外に漏れちゃうんじゃないか心配になるくらい、大きな音を立てている。
「うん。そうだよ」
　桜子ちゃんはうなずいた。なんのためらいもなく。
「……っ」
　やっぱりそうなんだ。
「幼なじみみたいなものかな。ほら、愛莉ちゃんと南里くんみたいに」
　あっけらかんと言ってにっこり笑う桜子ちゃん。
　私と南里くん、か。
　実際に男の子との幼なじみがどんなものかは、よくわかっているつもり。
　女の子からは『いいな〜羨ましい』って言われることがよくあったりして、それが大変だっていうのも。
　南里くんがチャラくて女友達がいっぱいいたせいで、よく言われたもん。

高校でようやく学校が離れてそれがなくなったと思ったら南里くんの学校と合併だなんて、どこまでも縁があるものだと思う。
　もしかしたら桜子ちゃんもそんな思いをしたことがあるのかな、なんて思ったとき。
「この学校に編入してきたのも、煌がいるからなんだ〜」
「……っ！」
　動揺して蛇口の先に手が触れた。
　そのせいでバシャッと水が飛び散り、ブラウスの袖口が濡れてしまう。
「大丈夫!?」
　とっさに、自分のハンドタオルを差し出してくれる桜子ちゃん。
「あ、ありがとうっ……」
　そうなの？　煌くんがいるからこの学校に来たの……？
　桜子ちゃんなら、もっとレベルの高い学校に行けると思っていたけど。
　……そうか、そういうことか。
「久々の日本だし、知ってる人がいたほうが安心だもんねっ」
「そ、そうだね……」
　それだけ？
　好き、だからじゃなくて……？
　幼なじみがいるという理由で同じ学校に通うなんて、よっぽどのことな気がするもん。

私なら、そんな理由で学校は選ばないと思うし。
　ほんとに聞きたかった言葉は、結局最後まで口に出せなかった。


「愛莉行くよ」
　お昼休みになって。
　教室にいるときはこうやって声をかけられて一緒にあやめに行くけど、今日も例外なく声をかけられた。
「は、はい」
　もしかしたら今日はあやめに呼ばれないかも……と思っていただけに、ホッとしながらも桜子ちゃんが気になってしまう。
　見られている気がして、カバンからお弁当を取り出すのでさえ手間取る。
　トイレであんな会話したばっかりだし。
　これを見たら、どう思う？
　間違っても、私が煌くんを好きなこと、知られたくない。
「何もたもたしてんの。早く」
　すると、腕をつかまれた。
　わわっ！
　余計に目立ってしまう、と急いで準備をして連れ立って教室を出る。
　その直前、振り返ったらじっとこっちを見ている桜子ちゃんと目が合ったけど……気まずくてサッとそらした。

昨日の今日で、あやめにいると思い出して少し気持ちがへこむ。
　煌くんとの仲も、なんだか昨日からすっきりしないし。
　私がちゃんと理由を言うまで、煌くんはこの不和を解決する気はないように思えた。
　だって、すごい態度に出てるもん。
　……ケンカしても、絶対に自分から折れないタイプでしょ。
　ここへ来たのはいいけど、会話もなく、やっぱり今日も自分の咀嚼音が耳に響いてなんだかいたたまれない。
　チラッと目線だけを横にずらせば、何を考えているのかまったく読めない煌くんが、親子丼を食べている。
　……はぁ。
『女なんて誰でもいいんだよ』
　昨日の煌くんの言葉はショックだけど、桜子ちゃんがいるのに今日もこうして私をここへ呼んでくれたことは、やっぱりうれしかった。
　もう私は用なしになるかも、とどこかで思っていたから。
　無言のまま、煌くんは今日も先に食べ終わってしまった。
　煌くんを好きだと自覚した私は、今までみたいに保守的ではいられなくなって。
　自分から爆弾を投げてしまった。
「……桜子ちゃんと、知り合いだったんですね？」
　知ってるくせに言うって、なんか悪いことをしているみたいでドキドキする。

「ああ、まあな」
　あっさり言われて、そのあと会話がストップする。
　普通なら、幼なじみで……とか、その仲についても話してくれてもいいのに、何も言ってくれない。
　私に桜子ちゃんとの関係を話す気はないみたい。
　聞くのはつらいけど……話してくれないのも寂しいな、なんて落ち込む。
　結局のところ、煌くんは私をどうしたいんだろう？ やっぱり、女なんて誰でもいい……ただの暇つぶし？
「もしかしてさ」
　煌くんが私をじっと見つめる。
「昨日、見た？」
　……え？
　ゴクリとツバを飲んだ。
　パチパチと瞬きを繰り返す。
　昨日って……。
「そっか、そういうことか」
　まだ返事をしていないのにそうだと解釈した煌くんは、ぐぐぐ、とソファに背をつけた。
　そして、私の肩に腕を回して口角を上げた。
「それで拗ねてた？」
「ちっ、違っ……」
　肩をがっちりホールドされて、抵抗しても無駄なだけ。
「教えてあげようか、そういうの、嫉妬っていうんだよ」
「……っ」

妖艶な瞳で言われたセリフは間違ってない。
　あれは完全に嫉妬だった。でも、それだけじゃない。
「アイツは昔からの知り合いでさ。俺を見つけて勝手に入ってきたんだよ。俺もびっくりしたし」
　話しはじめてくれた煌くんの目を見つめる。
「男が騒いでる転入生って、あれ、桜子のことか。まあ、桜子ならそうなるかもな」
「……」
　口にしたわけじゃないけど、かわいいって認められたようで素直に気持ちが落ちる。
　そりゃあ、ありえないくらいかわいいもんね。
　だけど……。
「あ、あんなにかわいい人が知り合いにいて、ど、どうして煌くんは私にっ……」
「……私に？」
　勇気を出せ、私！
「その……こんなことするんですかっ……」
　ぎゅっと目をつむって一気に問いかける。
　よく考えたら、一番最初に聞くことだった。
　どうして私に好き、なんて言ったのか。
　送り迎えまでして、私と一緒にいるのか。
　女なら、誰でもいいのに……。
「好きだから」
「……っ」
　いつものように、ストレートな言葉で私を翻弄してくる

煌くん。
「だからっ……どうしてっ……」
　女の子なら誰でもいいんでしょ？
　"私"の理由がわからないの。
　百歩譲ってほんとに好きだとして、それなりにきっかけってあるものだよね？
　だけど、何も思い当たらない。
「どうして……煌くんは私が、その……好き、なんですか……？」
　こんなこと聞くの恥ずかしい。
　でも、聞かなきゃ。
　からかわれてるのか、そうじゃないのか。
　煌くんの整いすぎた顔が、珍しく真面目になる。
「ちゃんとした理由があったら、愛莉は俺のこと好きになってくれんの？」
「……っ」
　もう好きです、なんて言えない。
「さ、さあ……」
　……なんて濁して、バカみたい。
　もうこんなに好きなのに。
　煌くんのことで頭がいっぱいなのに。
　素直になれない、あまのじゃくな私。
「相変わらず愛莉は一筋縄じゃいかないよな。そんなに俺を翻弄して楽しい？」
　……違うよ、翻弄されてるのは私だよ。

つらくて目を伏せれば。
「愛莉が好き。それだけじゃダメなの？」
　顎に手を添えられて、上げた瞳に映る煌くんの顔。
　──ドキッ。
　その目は真剣で、これでウソをつかれてたら男ギライどころか人間不信になりそう。
　何も言えない私に、柔らかく笑みをこぼすと。
「卵焼き、くれよ」
　そう言っておいしそうに卵焼きを食べる煌くんの本音は、結局わからずじまいだった。

## 突然の告白。

　モヤモヤしたまま迎えた午後の授業。
　煌くんと隣で受けるのはちょっと……と思っていたから、体育なのはありがたかった。
　今日は平均台。
　ポーズをとったりジャンプしたり、最終的には決められた歩数で終わって着地しなきゃいけない。
　姿勢も見られるし、体育でもあるような、作法でもあるようななかなか難しい授業なんだ。
　……ひとつだけ、厄介なことがある。
　自分の番が来るまで背の順で並んでいるんだけど、私と桜子ちゃんは前後で。
　桜子ちゃんは私以外話す人がいないし、当然のように話しかけてきたのだ。
「ね、愛莉ちゃんの好きな人って煌でしょ」
　しかも、予想どおりの内容で。
「えっ……」
　やだな、この話。
　桜子ちゃんと、煌くんの話をするのは遠慮したいんだけど……そんな願いは通じるわけもなく、
「見ちゃったよ！　一緒にお昼食べてるのって煌なんだね！」
　わかりやすく困惑しているであろう私に、ねっ、とかわ

いらしく体をくっつけてくる。
　どうしてそんなにニコニコしながら言えるの？
　桜子ちゃんだって好きなんだよね？
「ねぇ、いつからつき合ってるの？」
　これは探りを入れられてる……？
「つ、つき合ってなんかないよっ……」
　それでも、素直に答えてしまった。
　ウソじゃない。
　私は煌くんの彼女じゃないし。
「えー、そうなの？　にしては、すっごいラブラブに見えたよ？　煌なんて腕つかんじゃって」
　ふふっと笑うその仕草はほんとに天使が舞い降りてきたようで、それくらいかわいい桜子ちゃんを僻だって仕方ない気もした。
　ライバルになったら、絶対に勝ち目なんてないよ。
「あ、私の話はいいよ。桜子ちゃんの好きな人ってどんな人……？」
　バカみたい。何を聞いてるんだろう。
　煌くんだってわかってるのに、試すようなこと。
「めちゃくちゃカッコいいんだ。小顔で、ちょっとワルっぽい顔なんだけど女の子みたいにキレイで。もーめちゃめちゃにタイプなの！」
　やっぱりだ。
　全部煌くんに当てはまってる。
　そんな抽象的な説明だって全部煌くんだとわかる。

やっぱり、桜子ちゃんは煌くんのことが好きなんだ。
「でもびっくりしちゃったー」
「えっと、何が？」
　主語もなく、唐突に切り出した話に首をかしげる。
「愛莉ちゃんと煌がまた同じ学校にいるなんて」
「……？」
　また……？
「愛莉ちゃん、虹宮(にじみや)小学校だったんだよね？」
「う、うん……」
　出身小学校の話は、これまでの会話の中で言ったことがあったんだ。
「煌も虹宮小だったでしょ？」
「へっ……？」
「あれ？　知らなかった？　４年生までで転校しちゃったんだけどね」
　煌くんが同じ小学校？
　まさかの話に何を言われているのかと思う。
　ウソだよね？　そしたら私は、煌くんに会ったことがあるってことだもん。
　でも私は、煌くんに会った覚えなんてない。
　その瞬間。
　遠い記憶がよみがえった。
『──くんが、おうちの都合でお引っ越しすることになりました。みんなで手紙を書きましょう』
　小学校のとき、クラスメイトが転校することになって手

紙を書く機会があった。
　でも、私は彼が苦手でしょうがなくて、名前を書いたあと何を書いていいか困ったんだ。
　苦手だった理由は。
『ブス！』『でこっぱち！』
　いつも私を標的にして、からかってきた"例の男の子"だったから。
　むしろ彼が転校することになって、ホッとしたんだ。
　その出来事は、幼い私の心には傷になったから。
　男ギライの原因にもなったわけだし。
　友達は、『そんなの気にしないほうがいいよ』と言ってくれたけど、言われている私はすごく傷ついた。そして恥ずかしかった。
　私はほんとにブスで、まわりの誰もがそう思ってるんじゃないかって。
　みんなは言えないけど、彼だけが正直に言ってきてるんじゃないかと思ったら、自信もなくなった。
　そんな彼に手紙なんて、何を書いていいかわからなくて。
　名前を書いたところで止まっちゃって困ったんだ。
　彼の名前は難しくて漢字が書けなくて、ひらがなで書いていた。
　そう……確か。
　……"たかやなぎ"。
「……っ!?」
　煌くんも"たかやなぎ"……。

てことは……。
　あのときの男の子は──煌くん……だったの……？
「思い出した？」
　桜子ちゃんの声が、遠くに聞こえた。
　ウソだ……そんなのウソでしょ……。
　私をからかい、笑っていたのは……。
　煌くんだったの……？
　一瞬で、頭が真っ白になった。
　ねぇ、ウソだよね？
　そう思いたいのに、私の記憶がはっきり思い出してしまった。
　鋭い瞳に面影があるのを。
　記憶の中の彼が、煌くんと一致するって。
　……煌くんは、あのときからかっていたのが私だって気づいているの？
　そうだとすれば。
　これは、あのときの続き……？
　あのときとは違い、甘い言葉をささやいて、私をその気にさせて。
　『ブス』だの『でこっぱち』だのしか言えなかった小学生時代とは違って、手段を変えて私をからかってるの？
　そう思ったら、体が冷たくなって手が小刻みに震えた。
　いままで抱いた気持ちが、ガラガラと音を立てて崩れていくよう。
「愛莉ちゃん？」

肩を揺さぶられてハッと気づく。
　目の前には、いぶかし気に私を見る桜子ちゃんがいた。
「あっ……」
「どうしたの？」
　その様子からは、何度も私を呼んでいたみたい。
「ご、ごめんねっ……」
「顔色悪いけど……大丈夫」
　桜子ちゃんが、二重にも三重にも見えた。
　目の前がクラクラして、頭がどうにかなっちゃったみたいに。
「次、二宮さんよ！　何してるの」
　そのとき先生に名前を呼ばれ、ピッと笛を吹かれた。
　あ……順番が来たのか……。
　なんだかよくわからない頭で走り出し、平均台へ上った。
　3歩進んで片足を上げて5秒静止。
　そして3歩進んでジャンプだったはず。
「あっ……！」
　と思ったときには遅かった。
　ジャンプした瞬間、フラッとバランスを崩してしまったのだ。
　落ちるっ……!!
　そう思って覚悟を決めて目を閉じた瞬間。
　ズルッ――。
　鈍い痛みが全身を襲った。
「きゃあっ……」

平均台の側面から滑るように落下してしまったのだ。
　バランスを崩したまま、勢いよくマットの上に倒れ込む。
「二宮さんっ!?」
「愛莉ちゃん!?」
　先生やクラスメイトがワッと駆けつけて、私はあっという間に囲まれた。
　体を起こそうとしてみるけど、全身を強打したのか上がらない。
　痛い。
　とにかく痛いよ。
「どいて！」
　そのとき。
　低い声が聞こえ、輪を縫ってやってくる男の子の姿が見えた。
　……煌くん……？
「愛莉大丈夫か!?」
　……なわけない。
　煌くんは相変わらず体育の授業には出てないから。
「な、南里くん……」
　それは、同じ体育館で授業をしていた南里くんだった。
「どこ打ったんだ!?」
　心配そうに、私の体に手を添える。
「わかんないけど……あちこち痛い……」
「そうか」
　すると、南里くんは私の体をひょいと抱え上げた。

それはお姫様抱っこで。
　南里くんとピタッと体が密着する。
「ひゃっ！」
　下から南里くんの顔を見上げながら、体が硬直した。
　こ、これは恥ずかしい……！
「わっ！」
「きゃっ！」
　まわりからも、遠慮がちに悲鳴が上がった。
　それはそうだよね。
　南里くんだって、煌くんと競うように人気のある男の子。
　そんな彼が、こんなことしてたら悲鳴が上がるに決まってる。
「な、南里くん!?　お、下ろしてっ……」
　だから私も、黙ってお姫様抱っこをされてるわけにいかない。
　足をばたつかせて、下ろしてもらうよう試みるけど。
「じっとしてて。どこ打ってるかわかんないし、下手に動かないほうがいい」
　私の意見なんてあっさり却下され、さらにヒヤッとするようなことを言われれば大人しくしているしかなかった。
「先生、保健室に連れていきます」
「そう、お願いね」
　南里くんが颯爽(さっそう)と歩き出せば、まわりにいた人たちはサッと道を空けた。

私はそのまま保健室に運ばれた。
　ベッドに寝かされて足に湿布を貼られ。
　頭を打っているかもしれないから、しばらく安静にしておいたほうがいいと言われそのままでいたら、いつの間にか眠ってしまい……。
　――次に目を開けたときには。
「……南里くん」
　制服姿に着替えた南里くんが、パイプイスに座って心配そうに私を見ていた。
　私はまだジャージ姿だけど、制服やカバンもベッドの脇にある。
「これ、持ってきてくれたの？」
「ああ」
「ありがとう。授業は？」
「んなのどーだっていいし」
　南里くんはチャラいけど、そういうところはブレてない。
　鳳凰のトップ４という位置にいながら、きちんと授業に出ているし。
「……ごめんね」
　なのに、サボらせちゃって心苦しいよ。
「これから病院に行くけど、俺がつき添うから」
「平気だよっ！　ひとりで大丈夫だって」
「授業中のケガなんだし、ほんとは教師が連れてくんだぞ？　そっちのほうがいいか？」
「それは……」

そう言われちゃったら、もちろん南里くんのほうがいい。
　だけど、南里くんには関係のないケガなのに、そこまでしてもらうのはさすがに申し訳なくて。
「それに今後も通うかもしれないし、中尾先生のところがいいだろ？　もう電話して、到着次第診てもらえることになってるから」
「えっ」
　そこまで手配済みだなんてびっくりした。
　中尾先生……中尾整形外科は家族で昔からお世話になってる馴染みの病院だから、ほんとにありがたい。
　南里くんには、感謝だよ。
「……ありがとう」
「問題ねえって。俺と愛莉の仲だろ」
　クシャっと笑う南里くん。
　今まで南里くんだけだったな。こうして普通に話せる男の子。
　……煌くんに会うまでは。
「そんな俺と愛莉の仲だから聞くけど、さ」
「何？」
「煌のこと、好きなの？」
「……っ」
　何も警戒せずに質問を待った私に、訪れた数秒後の衝撃。
　ストレートすぎる質問に動揺は隠せなかった。
「えっ、あっ……っとね……」
　今更、寝ていて乱れた髪を直してみたりする私。

まさか、南里くんがそんなこと聞いてくるなんて思ってもみなかったよ。
　　どうしよう。なんて言おう。
「ごまかしたってバレバレ。何年愛莉のこと見てきたと思ってんの？」
　　ふっと鼻で笑うように言ったあと、気のせいかもしれないけどその顔は少し寂しそうに見えた。
　　……あ。
　　南里くんに彼女ができたら、私もそうなのかな。
　　寂しいって思うのかな。
　　幼なじみに好きな人ができるって、また特別な感情があったりするのかもしれない。
「……うん」
　　だからこそ、ウソはつけない。
　　南里くんは特別で、なんでも話してきた人だから。
「私が男ギライになったきっかけ、覚えてる？」
　　当時、南里くんには相談していた。
　　そのたびに、励ましてくれていたっけ。
「なんだよ急に。そうだな……そいつ、転校したんじゃなかった？」
「うん、そうなんだけど……」
　　その様子じゃ、まったく知らなそう。
「それが、煌くん……だったみたいなの」
「は？　それ、どういうことだよ」
　　予想どおり目を丸くして驚く南里くんに、桜子ちゃんか

ら聞いたことを話してしまった。
　今でも、頭で整理できないままに。
「ウソだろっ!?」
　南里くんの驚き方は半端なかった。
「南里くんは、煌くんが虹宮小にいたこと知ってた？」
「……初耳だな」
　だよね。
　南里くんは違うクラスだったし、知らなくて当然かもしれない。
　そして、しばらく言葉を失う。
　何やらジッと考え込むような仕草で。
　同じ暴走族のメンバーが、じつは小学校時代の同級生でした……なんて。
　南里くんだって、気持ちの整理がつかないよね。
「私、またからかわれてるのかな……」
「それはねぇだろ……俺、あのときも言ったよな」
　なんのことだっけと、首をかしげた私に。
「からかってたヤツ、愛莉のこと好きなんじゃないかって」
「……っ」
　確かに言われた。
　南里くんだけじゃなくて、友達にも。
　その男の子が嫌なことを言ってくるのは"好きな子ほどいじめたくなる、幼稚な男の子の愛情表現"って。
　でも、そんなの信じられるわけなくて、仮定の中で一番に消し去った。

「じゃあ、そのときからずっと煌は愛莉が好きだったのかもな」
「ま、まさか……」
　あるわけないよと言おうとしたとき、私のカバンの中でブーブーと、スマホが振動したのがわかった。
　すぐに切れないから着信だと思い、取り出すと。
「あっ」
　スマホの画面に映し出されていたのは、煌くんの名前。
　……こんなタイミングで。
　困ったな、と思いながらチラリと南里くんを見れば、
「出なよ」
　相手が誰だかわかっているように言われ、うなずいてから応答した。
「……もしもし」
『ケガしたのか？』
　耳を震わせるその声に、胸がきゅっと痛くなった。
　さすが情報が早いな。きっと何をしても彼には筒抜けなんだろう。
「あ……はい。これから病院に行くので、今日はあやめには行けません」
　言っておかないと、また心配させてしまう。
　むしろ、遅いから早く来いという催促の電話かと思ったのに。
『んなのはどうだっていいんだよ。ケガの具合は？』
　純粋にケガの心配をしてくれていることに、胸が熱く

なった。
「……ちょっと足が腫れてますけど、骨折はしてないと思います」
　患部は湿布で覆われていて見えないけど、痛みや腫れの程度からして、骨には異常なさそう。
　落ちたときは、骨折したかと思ったけど。
「くしょん！」
　とそこへ、南里くんが突然くしゃみをしたので、ビクンッと肩を揺らしてしまった。
　見上げれば、また次のくしゃみが出そうになっていて。
「大丈夫!?」
　私は慌てて、枕元にあったティッシュの箱から２〜３枚抜き取って渡した。
「サンキュ……ふえっ、ふえっ、……くしょんっ……！」
『……誰？』
　すると、電話の向こうの声がいっぺんに不機嫌になる。
　あっ……。
　あからさまな態度の変化に、声が聞こえたんだとわかり、説明する。
「な、南里くんがいます……」
　素直に告げると、直後電話は突然切れた。
　えっ？
　電波でもなくなったのかと、思わずスマホを眺める。
「どうしたの？」
　鼻をかみながら南里くんが問いかけた瞬間、今度は彼の

ポケットから着信が聞こえ。
　スマホを取り出すと、画面を見て軽く苦笑いしてから応答した。
「もしもし？　……ああ、そうだけど」
　少し呆れたような表情で、腰に手を当てる。
　……もしかして、煌くん？
　南里くんがそばにいると言った直後に、私の電話が切れたし。
　流れからそんな気がした。
「……ああ……ああ」
　南里くんは相槌ばかりで、どんな会話をしているのかよくわからない。
　絶対に私の話をしてるんだと思うと、気になってしょうがない。
「そーだったら？」
　南里くんの言葉だけを拾っても、会話の中身はつかめず。やきもきしてしまう。
　何を話してるんだろう。
　トクン……トクン……。
　ただ見守ることしかできない私に、とんでもない言葉が届いた。
「俺が愛莉を好きだったらどーすんの？」
　えっ!?
　な、何っ!?
　突然聞こえた突飛なセリフに、ベッドの上で思わず腰を

浮かせた。
　南里くん、なんてこと言ってるの!?
　冗談だよね?
　動揺する私とは真逆に、南里くんは私の目をじっと見つめながらまた口を開く。
「……上等だし」
　しかも煌くんにケンカを売り初めて、私は大慌て。
　何?
　どんな話になっちゃってるの?
　内容が内容だけど、なんだか目をそらせなくて体を硬直させたままそんな南里くんに視線を送り続けていると。
「てことで、俺が病院に連れていくから。じゃ」
　私の目を見つめながら煌くんにそう告げ、半ば強引に南里くんは電話を切ったように見えた。
「ふぅ……」
　そして一仕事終えたように、軽く息を吐く。
　南里くんでも、煌くんの扱いは難しかったりするのかな、なんて思いながらほんとはそれどころじゃない。
　ドキドキして仕方ない。
　だって……今の……。
「ほんと煌のヤツ、なに考えてんだか」
　スマホをズボンのポケットにしまいながら、呟くように言う南里くん。
　……やっぱり煌くんだったんだよね。って、今さら確かめることでもないか。

……南里くんはなんて言われたんだろう。
　気になるけどなんとなく聞けないでいると。
「もしかして、愛莉がケガしたのって、煌のせい？」
　そんな問いかけに、心臓がバクンッと鳴った。
　あのとき、小学生のころに私をからかっていたのが煌くんだとわかって。
　直接的には関係ないけど、煌くんのことを考えて注意が散漫になってたのは確か。
　だからって、煌くんのせいとは違うような……。
　言葉に詰まる私に、南里くんは続けて口を開く。
「最近、元気なかったのも、煌のせい？」
　え……私、そんなに態度に出ていたのかな。
　初めて人に指摘されて困惑する私。
　どれにも答えられないでいる中、そうだと決めつけた南里くんは、
「だったらさ」
　パッと顔を上げて言った。
「俺にしない？」
「へっ……」
　俺に……って？
　な、なんのことかな……。
「ずっと……愛莉が好きだったって言ったら……どうする？」
　やっぱり、頭打ったのかな。
　なんだか空耳が——。

「俺は、愛莉が好きだよ」
　——ドクンッ。
　……空耳じゃなかったみたい。
　ふざけた雰囲気はいっさいなく、真剣な目。
　少し赤らんだ頬は、いつもの南里くんとは全然違う。
　こんな南里くん見たことない。
「南里……くん……？」
　思いもよらなかった告白は、私の頭を真っ白にした。
　物心ついたときから幼なじみだった彼にそんなことを言われて、動揺しないはずない。
　きょうだいのように育った彼に、私はそんな感情を抱いたこともなく、その逆も同じ。
　南里くんが私をその……好き、とか。夢にも思ったことがないから。
「暴走族に入ってるのを黙ってたのも、愛莉に嫌われたくなかったからなんだ」
　驚きに包まれ、何も言えなくなっている私に南里くんは自嘲気味に打ち明ける。
　ふっ……と、笑みをこぼしながら。
「男ギライの愛莉に、そんなこと言ったらぜって一嫌われると思って」
　そんな……。
　どうして、私？
　女の子には不自由しないだろうし、何も男ギライの私じゃなくたって……。

「俺どっかで過信してた。愛莉が心を許せるのは俺だけだって。他の男を好きになる危機感なんてゼロだった」
　後悔と悔しさが入り交じったような声。
「だからこんなにあっさり煌に持ってかれるなんて。……だんだん煌に慣れてく愛莉見てマジ焦った。平気なフリして、全然平気じゃなかった」
　時折切なそうに顔を歪めながら打ち明けてくれる南里くんに、私が泣きそうになってしまった。
「バカみてーだよな、俺」
　どうしよう。
　なんて言えばいいのかな。
　そんなふうに南里くんが思っていてくれたなんて、夢にも思わなかったから。
　かける言葉さえ見つからない自分がもどかしい。
「なーんて。忘れてくれていいから」
　すると、あれだけ真剣に訴えていたことをすべて消して。
　何かのスイッチが入ったかのように、パッと表情を明るく変えた。
「困らせてごめんな」
　そして、私の頭をクシャクシャと撫でた。
　それがとっても優しくて……でも瞳はなんだか少し寂しそうに見えた。
　……南里くん。
　忘れるわけないじゃん。
　そんな真剣に想いを伝えてくれたこと。

忘れ、ないよ。
　心の中で繰り返す。
「着替えて。廊下で待ってる」
　そう言うと、南里くんは静かにカーテンを閉めた。

♡溺愛4♡

## きみとの距離。

　足の打撲は思ったよりひどく、普通に歩けず痛みが引くまで土日を挟んで4日も休んでしまった。
　その間も、南里くんのことで頭はいっぱいだった。
　病院に連れていってくれている間はいつもの南里くんだったけど、それは彼がしっかり自分を保っていただけだったみたい。
　それを証拠に、隣に住んでいるのに、休んでいる間何も音沙汰はなく。
　以前なら、私が休めば『大丈夫か？』なんてお見舞いに来てくれていたのにそれもなくて、やっぱり気まずいのかと胸が痛かった。
　恋愛感情って難しい。
　男女の友情はここにちゃんとあると思っていたのに、そんなのはやっぱり存在しないのかな。
　私は南里くんと今までどおりでいられなくなるのかな。
　そんなの……嫌だよ……。
　煌くんからは……ケガの様子を知るために、メッセージが来たり、電話が来たり。
　保健室で南里くんと一緒にいたことについては、何も触れられなかった。
　それにホッとしつつ、私だって触れたいのに触れられないことがある。

同じ小学校に通っていたことについて、何も聞けないんだから……。
　　そして昨日。
　　明日はどうなのかと聞かれ、学校に行くと伝えるといつもの時間に迎えに行くと言われた。
「またよろしくね」
　　何も知らないお母さんは、久しぶりに煌くんに会えてうれしそう。
　　のんきに愛想なんて振りまいて、ため息が出ちゃう。
「はい。任せてください」
　　それに対し煌くんは、好感度抜群の返事をして。
　　私はいつものように車に乗った。
　　たった数日なのに、すごく久しぶりな気分。
　　街並みも、外を走る自転車も。
　　今日はいつもと違って見えるのはなんでだろう……。
　　ゆっくりと流れる車窓を横目に、煌くんの声が聞こえてくる。
「まだ痛むか？」
　　隣に首を振れば、心配そうに眉をひそめている煌くん。
　　久しぶりに会った煌くんは、気のせいか、いつもより優しい感じがした。
　　ケガをしているからなのかもしれないけど、警戒心の強い私はその裏を考えてしまう。
　　休んでいる間、南里くんとどういうやりとりがあったのかなって。

同じ小学校だったことや、その……私をからかっていた過去を南里くんが咎（とが）めたのかどうか……。
「もう、だいぶよくなりました」
「そうか」
　今まで車の中では割と密着度が高かったのに、今日の私と煌くんの間には、人がひとり座れるくらいの距離が空いていて。
　いつもは肩に回してくる腕も、胸の前で組まれたまま。
　もしかして、遠慮してる？
　煌くんらしくない態度に、それはそれで気になる。
　煌くんは、私のトラウマの原因を作った相手なんだよね？
　あのときのことは、今でもやっぱり許したくない気持ちがどこかにあって。
　自分の気持ちがぐちゃぐちゃで、どうしたらいいかわかんないよ。
　恋って、すごく素敵なものだと思ったのに。
　恋が、私を苦しめる。
　……どうしたらいいんだろう。
「なあ……」
　少し遠慮がちに、煌くんの手が私の肩に触れた。
　──瞬間。
　ビクッ。
　肩が大きく揺れ、体が硬直した。
　……自分でも、びっくりした。

煌くんに対して、小学生のときのように拒否反応が出ちゃったこと……。
　それに気づいた煌くんも、手を浮かせたままそれ以上下ろしてくることはなかった。
　煌くんの目を見たあと、うつむく私。
「……どうした」
　煌くんの声が静かに落ちる。
　もう、覚悟は決めていた。
　この休みの間、考えていたこと。
「煌くん……」
　私は思いきって言った。
「もう……解放してもらえませんか……？」
　これ以上、煌くんに溺れる前に。
　これ以上、苦しくなる前に。
　自分にストップをかけなきゃいけないんだ。
『女なんて誰でもいいんだよ』
　その言葉を煌くんの口から聞いた瞬間に、答えは出ていたはず。
　煌くんは私に本気じゃないって。
　そして小学校時代のことを聞いた今、もうどうするかなんて考えてる間でもないよね？
『そのときからずっと煌は愛莉が好きだったのかも』
　南里くんはそう言ってたけど。
　そんなの、万が一、億が一でも考えられないから。
　ひとりをずっと想い続けるような人が、そんな発言する

わけないんだから。
　煌くんは黙ったままで、怒ってるのかそうじゃないのかもわからない。
　やっぱり私は暇つぶしの材料だったのかな。
　引き止めたり怒ったりしないってことは……そういうことなんだ。
　やがて車は学校について。
「じゃあ……私、行きますね。ありがとうございました」
　私は煌くんの返事を聞かず、運転手さんにお礼を言ってから車を降りた。


「わー、愛莉待ってたよ〜」
　教室に入ると、先に来ていた千春ちゃんが私に抱きついてくる。
「千春ちゃん久しぶりっ」
　顔を見てホッとした。
　千春ちゃんとは、毎日のようにメッセージでやり取りをしていたんだ。
「もう大丈夫なの？」
「うん、普通に歩けるようになったよ。体育はしばらく見学するけどね」
「そっかぁ。でも骨折じゃなくてほんとよかったよ〜」
　ケガのことも、まるで自分のことのように気にしてくれていた。
「愛莉が休んでる間のノートはバッチリだから任せてね！」

ドンと胸を叩く千春ちゃん。
「わ〜、ありがとう」
　モヤモヤしていた気分も、千春ちゃんと話している間は忘れられる。
「さっそく１時間目の英語だけど……」
　千春ちゃんはノートを広げながら説明してくれる。
　そんな中でも、チラチラと入り口を気にしてしまう。
　煌くんは、今日教室に来るのかなって……。
　すると、桜子ちゃんがちょうど入ってきて目が合った。
「わっ、愛莉ちゃん!!」
　そのかん高い声に、体が拒否反応を示した。
　平均台から落下したのも、直前に桜子ちゃんからあんな話を聞いたからで。
　あのときの感覚がよみがえっちゃったんだ。
「も〜、びっくりしたんだから〜。大丈夫なの？」
　瞳をうるうるさせながら、私の体をペタペタと触ってくる桜子ちゃん。
　彼女と話すのは、あれ以来だけど。
「顔色悪かったし心配してたら落下でしょ？　おかしいなって思ってたのに、何もできなくてごめんね……」
　ほんとに申し訳なさそうに言うから、こっちまで心苦しくなってくる。
　そんなふうに思ってくれていたんだと思うと、さっき感じた嫌悪がものすごく悪いことにも思えてきて。
「心配させちゃってごめんね。でも、もう平気だから」

「よかった～」
　ほんとに安心した……というような表情の彼女に、やっぱり悪い人ではないんだと思う。
　そして、目を三日月型にして笑うその顔は、勝ち目なんてないほどかわいくて素直にへこむ。そりゃ、煌くんも認めるかわいさだもんね。
「私、女子に好かれてないでしょ？　だからクラスで居心地悪くて。だから、愛莉ちゃんが復活してくれてほんとによかったよ～」
　そう言って腕に手を絡ませてくる桜子ちゃんを、千春ちゃんが冷めた目で見ていてちょっと怖い。
　顔に出すぎだから……！
　私がハラハラしちゃう。
　桜子ちゃんの不安も、言葉のわりにそんなに深刻でもないらしく、時折声をかけられる男の子には笑顔で挨拶して。そのうちどこかへ行ってしまった。
「はー、やっぱりあの子、生理的に受けつけないわ」
　千春ちゃんの顔はひきつっている。
「ははっ」
　私はそれに対して、苦笑いしか返せないでいると。
「おっす」
　ビクンッ！
　背後から聞こえた声に、肩が上がってしまった。
　だって、この声は……。
「あ、おはよう！」

先に声をかけたのは千春ちゃんで、遅れて振り向くと……やっぱりそこには南里くんがいた。
　告白の件があるから少し気まずいけど、私も挨拶を返す。
「おはよう……」
「よかったな。学校来れて」
「うん。あの、先週はありがとう」
　南里くんは、告白なんてなかったかのようにいたって普通で。
　それにホッとしつつも、申し訳ない気持ちは変わらない。
　私なんかを好きになってくれたことを、まったく気づかなかったなんて、なんだかいたたまれないよ。
「なんかあればいつでも言えよ。無理だけはすんな」
　笑うその顔は、いつもと変わらなくて。
　それも南里くんの優しさなんだと思うと胸が熱くなる。
　始業のチャイムが鳴っても、煌くんは教室にはやってこなかった。

　お昼休み、私はお弁当を持っておずおずと千春ちゃんに歩み寄った。
「あのさ、千春ちゃん……」
「ん？」
　いつもなら、ここでふたりで"あやめ"と"つばき"に行くんだけど……。
「今日はふたりでお弁当食べない？」
　解放してほしいと言ったんだから、もうあやめには行け

ない。
　千春ちゃんにも、私の決意を聞いてほしかったんだ。
「どうしたの？」
「話したいことがあって……できれば、教室じゃないほうがいいんだけど」
「えー、なになに？」
「うん、ちょっと……。ごめんね、ハクさんに会いたいよね……」
「そんなのいいって！　愛莉の話を聞くほうが大事だよ」
「千春ちゃん……」
　そんなことを言ってくれるから、うるっとした。
「じゃあハクさんに連絡しておくね」
　千春ちゃんはハクさんにスマホでメッセージを送り、そのあと一緒に屋上へ向かった。
　久しぶりの屋上はポカポカと気持ちがよく、季節も変わったんだな……と肌で感じる。
　千春ちゃんと並んでお弁当の蓋を開けるのなんて、すごい久しぶりだなぁ。
　ちなみに、私のスマホには何も音沙汰はなし。
　あやめに行かないこと、煌くんはわかっていたのかな。
　自分でそう決めたくせに、何も言われないのが寂しいなんて、勝手だよね。
「久々に愛莉とお弁当食べられてうれしいなっ」
「ねーっ！　うれしい！」
　うれしいことを言ってくれる千春ちゃんに、気持ちを切

り替え私もうんうんとうなずく。
「ねえ……ここでご飯を食べようなんて、もしかしてあの子が原因？」
　千春ちゃんが、少し言いにくそうに切り出した。
「えっ……？」
　あの子？
　……ああ。
　桜子ちゃんか、と悟って。
「桜子ちゃんが……どうかしたの？」
　言いにくそうにしている分、あえてニコッと笑いかけた。
　まだ何も言ってないのに、桜子ちゃんが話題に出ることを不審に思いながら。
「いや……あの子、愛莉が休みの間、あやめでご飯食べてたみたいだから……さ」
　やっぱり遠慮がちに告げられたのは、私の知らなかったこと。
　──ズキン。
　素直に胸が痛いと反応する。
　そっか、そうだったんだ。桜子ちゃん、あやめに行ってたんだ。
　もうやめようって思っても、不器用な私はそんなにすぐには適応できないみたい。
「愛莉がいないのをいいことに、あやめに入りびたってさ。煌さんも煌さんだよ！　いくら昔からの知り合いだからって、愛莉という子がいながら……」

「いいの、千春ちゃん」
　少し強めに声を挟むと、えっ……と声を詰まらせ、私を見る千春ちゃん。
「もう……いいんだ」
　ふいに爽やかな風が頬を撫でた。
　私は少しずつゆっくりと、話した。
　体育の時間に桜子ちゃんから聞いたこと、南里くんから告白されたこと、今朝煌くんに伝えたこと。
　千春ちゃんは、そのすべてに絶句していた。
「南里くんは、愛莉のことが好きなのかな……って思ってたけど……。その、煌さんの小学校時代の話とか……ほんとなの……？」
「……ほんと、だよ」
　だって、ちゃんと私の記憶にあるんだもの。
　桜子ちゃんの作り話でもなんでもないのは、私が一番よくわかってる。
「だとしたら南里くんの言うように、そのころから愛莉のことが好きだったんじゃないの？」
　希望を残そうとしてくれる千春ちゃんに、ううん、と私は首を横に振る。
　千春ちゃんも負けじと持論を説く。
「小学生ならまだしも、高校生になってまで普通そんなことしないよ。いくらなんでもそこまで暇じゃないでしょ」
　そう言われても。
　……煌くんは普通じゃないもん。

「ありがとう、千春ちゃん。もういいの。日常が戻ったと思えばそれでいいんだから」
　そう。
　煌くんに出会う前の私に。
　平穏で、男の子になんて関わらない日常に。
　ふと視線を落とすと、お弁当箱には、いつものように卵焼きが残っていた。
　ははは。
　クセになっちゃってるんだなぁ。
　もう、煌くんには食べてもらえないのに……。
　そんな寂しさをふと抱きながら、私は卵焼きの味をかみしめた。

「足、大丈夫か？」
　放課後、私の隣には寄り添うように南里くんが歩いてくれている。
　私があやめに行かないことは煌くんから聞いていたのか、ひとりで学校を出ようとしたら、南里くんに捕まえられたんだ。
　『俺も一緒に帰る』って。
「大丈夫なのに、なんかごめんね？」
　ひとりで帰れるって言ったのに、南里くんは聞いてくれなくて。
　南里くんがこんなに強情なんて初めて知ったよ。
　告白のこともあるし、なんとなく気まずい気持ちがある

私は、隣に南里くんがいるだけで意識しちゃう。
　なのに、南里くんはそんなこといっさい気にしてないようだから、どうしていいのかわからないんだ。
　ケガをした日は、学校からタクシーで病院に向かった。
『今日こそ煌の車だよな』なんて笑いながら。
　今日は、駅まで歩いてそこから電車に乗る。煌くんに出会う前の通学経路で。
　久々に歩く道に、なんだか懐かしさを覚えた。
「南里くん、バイクじゃないの？」
　毎日あの倉庫に行っているんだろうから、バイクで来てるはずなのに。
「そうだけど、送ったらまた戻ってたまり場行くし」
「ええっ、そんなのなおさら悪いからひとりで帰るよ！」
「今まで煌に取られてた分、俺にも送らせてよ」
「……っ！」
　あの告白なんてまるで無かったかのように振る舞っていたのに、いきなりそんなことを言われてなんて言っていいかわからない。
『煌に取られてた』なんて……。
　いつものチャラい雰囲気が出てるだけ、まだドキドキしなくて済むんだけど。
　男の子でも唯一大丈夫だった南里くんなのに、今や違う意味で南里くんと一緒にいるのが心臓に悪いよ……。
　それでも南里くんは今までと全然変わらなくて。
　それが救いだった。

## 俺だけの姫。

【煌side】
　俺には、ずっと昔から好きな女がいる。
　名前は二宮愛莉。
　存在自体が愛おしい。
　誰が見ても美少女……というのとは少し違うが、小動物みたいにフワフワしていて、控えめで、まわりに流されず。
　なかなか鈍感で厄介なところもあるが、そんなところも含め、癒されてクセになる……。
　自分ではまったく気づいてないようだが、どこか中毒性をもつ女であることは確かだ。
　俺は中学のときに、ハクの兄貴が幹部をしていた『鳳凰』に誘われて入り、高１のときに総長になった。
　鳳凰は15代も続く歴史ある暴走族。
　仲間を大切にしたいヤツら、居場所の見つからないヤツらの拠り所として作られたもので、警察の世話になるようなことをする集団ではない。
　目つきの悪い俺に総長はぴったりだ、なんて前総長に笑われながら言われたが、冗談とも思えねえ。
　俺が総長で鳳凰は大丈夫なのかと思ったが、意外にも下のヤツらはついてきてくれるし、俺を支えてくれる幹部メンバーが俺よりしっかりしているおかげで、鳳凰はこの界隈でナンバーワンでいられる。

鳳凰総長の彼女の座を狙う女は多く。
　共学になったことで、言い寄ってくる女が今まで以上に増えた。
　そういうのは、面倒なだけ。
　俺には話しかけないようメンバーを通して通達すると、あっさりと俺に言い寄る女はいなくなった。
　俺はただ、ひとりだけを愛したい。
　愛莉にだけ好かれればそれでいい。
　そんな思いから自分の勝手で愛莉に言い寄り、有無を言わせずそばに置く。
　これだけ多くの女が俺に色目を使ってくる中、どうして愛莉はそうじゃないんだ……うまくいかないことにいら立ちながらも、そんな彼女だからこそ惚れるのだろう。
　愛莉がケガをしたと聞いたときは、生きた心地がしなかった。
　また、どこかの族に狙われたのかと。
　俺と関わっていることで、狙われやすくなるのは百も承知だ。
　それでも愛莉といるのをやめられないのは……本気で欲しいからだ。
　愛莉がケガから復帰した日。
『もう……解放してもらえませんか……？』
　ついに言われた、と思った。
　男ギライの愛莉が、よく言いなりになって俺のそばにいたと思う。

……俺が怖くて逆らえなかっただけなのか？
　その間、一度も俺に心が動いたことはなかったのか？
　だとしたら、虚しいな。
　俺は数日愛莉に会えなかっただけでも、こんなにも寂しかったのに。
　車の中で愛莉に触れようとした瞬間、その肩が怯えたのがリアルにわかった。
『……っ』
　最初のころこそそうだったが、最近は慣れていてそんなことはなかったから、俺は戸惑った。
　やっぱり、真実を知ればそうなっちまうんだ。
　──俺と、出会っていた過去を……。
『じゃあ……私、行きますね。ありがとうございました』
　落胆した俺は、愛莉を追いかけることすらできなかった。

『愛莉ちゃんにね、煌が虹宮小学校にいたこと言っちゃった〜』
　愛莉がケガをした翌日。
　あやめにひとりでいると、昼休みに桜子がやってきて言われた言葉に俺は固まった。
　……マジかよ。
『あれ？　ダメだった？』
　まるで悪気のない桜子。
　幼いころからお嬢様として育った天真爛漫な彼女には、ほんとに悪意はないんだろう。

俺は心の中で深いため息をつき、隣にない温もりに物足りなさを感じながら飯を食う。
　俺は、小学校のころから愛莉を知っていた。
　小学4年の終わりにアメリカに行ったが、それまで愛莉と同じ小学校で過ごしていたのだ。
　愛莉は当然ながら覚えていなかった。でも、そのほうが都合よかった。
『だって、昔のお友達に会えるのってうれしくない～？』
　言いながら、愛莉の定位置に腰を下ろす桜子。
　そこ、お前の席じゃねぇんだけど。
　入っていいと言った覚えもない。
　誰かに俺の所在を聞いたのか、初めてここへ来られたときは驚いた。
　視線で訴えてみるが、そんなことが伝わるわけもなく俺は諦めてため息だけをこぼす。
　それにしても、昔の友達って……。
　べつに、友達でもなんでもなかったし。
　チクリやがってふざけんなと思った反面、いつかはバレる、言わなきゃいけないことなんだよな。
　俺は、愛莉が思い出してくれるまで自分からは言わないつもりでいたが……そんなことは神が許してくれなかったみたいだ。

　夜の11時。
　たまり場から自宅マンションに帰り、玄関を開けると俺

のじゃない靴が揃えられているのを見て、思い出す。
　……ああ、アイツがいるんだと。
　リビングに入れば、案の定、ソファに寝転がりながらスマホをいじっている"ヤツ"がいた。
「お帰り。今日も相変わらず遅かったな」
「……」
「毎晩毎晩、どこほっつき歩いてんの？」
「……」
「無視かよ」
　鼻で笑うヤツは俺の兄——鷹柳帝。
「家に帰らねぇの？」
「……干渉されたくないからな」
　ここは本来の家ではない。
　ひとり暮らしをするために借りた部屋だ。
　中学へ上がるとき、日本に帰るかアメリカに残るか選択を迫られた。
　帝は迷わず残ることを決めたが、俺は迷って日本へ戻ることに決めた。
　俺は実業家の息子として生まれ、いわゆる御曹司と扱われ育った。
　自宅には何人もの使用人がいるから、俺ひとりでの帰国に両親はとくに心配もしていなかったらしい。
　けれど高校に上がったと同時、俺はひとり暮らしをしたいと両親に申し出た。
　あれこれ干渉されながら暮らすのは、窮屈で居心地が悪

くてたまらねえ。
　御曹司扱いされながら暮らすのは性に合わない。
　反対に、帝はどこから見ても御曹司だ。それも上辺だけだが。
　腹黒いくせに、愛想をつくるのは天才的で、なんでも器用にこなす。
　……ムカつくヤツだ。
　親にとっても俺は扱いにくい存在なのか、願いはあっさりと聞き入れられ、警備も万全なマンションの最上階に住んでいる。
　ひとりで住むにはデカすぎる部屋だ。
「てか、お前こそ帰れよ」
　海外での仕事を終えた両親は、そっちを引き上げ今は日本に戻ってきている。
　帝がここに来る意味がわかんねえ。
「こんなに部屋が余ってんのに、追い出すことないだろー」
　部屋数の問題じゃねえ。
　帝といることが窮屈なんだっての空気で察しろ。
　帝は帰国してすぐにここへ転がり込んできて、ここから高校へ通っている。
　ああ。コイツと話しているとマジで疲れる。
　と、そのタイミングでスッとソファから立つ帝。
　自室にでも戻るのかと思いきや、キッチンに立った帝はお湯を沸かし始めた。
「お前、ブラック？」

「……ああ」
　コーヒーのことを言われてるのだと思い、うなずく。
　……どうやら、俺にコーヒーを淹れてくれるらしい。
　性格はねじ曲がっているが、人をもてなすのが好きな帝はこういうところで人徳を得ている。
「桜子はどう？　いい子にしてる？」
　豆を落としながら俺に目を向ける帝。
　いい子って。
「……相変わらずチヤホヤされてるらしいぞ」
　俺は直接は知らないが、南里からの情報だとそうだ。
　生まれたときからお嬢様な桜子は、そんな扱いを受けるのが普通すぎて、調子に乗ってるとかそんなつもりはない。
　だからこそ、女子の反感を買うのだろうけど。
　クラスでは浮いていると、南里が言っていた。
「ふーん」
　結局、これが一番聞きたかったみたいだ。
　チラリとその顔を盗み見れば、どことなく安心している様子が、言葉の端から伝わった。
「気になるのか？」
「べーつに」
　ウソつけ。
　桜子のことが気になってしょうがないくせに。
　巷では許嫁なんて言われているようだが、実際そんなことはなく。
　けれどふたりは相性が合うから、そのまま事実にすりゃ

いいのに。
「帰ってきてから相手してやってんのか？　女と遊んでばっかりいると桜子が拗ねるぞ」
　黙っていても女が寄ってくる帝。
　俺と真逆で来るもの拒まずの帝だが、なんだかんだ桜子のことが気になるらしい。
　桜子も同じだ。
　桜子は、帝に特別な気持ちを抱いているのだろうと俺は密かに思っている。
「学校で煌に会ってるからいいんじゃないの？　だって桜子は俺たちの顔が好きなんだから」
「……一緒にすんなよ」
「同じ顔のくせに」
　そう。
　俺たちは一卵性の双子なのだ。
　桜子はよく俺に向かって『カッコいい』と言うが、好きな帝と同じ顔だからっていうのはわかってる。
　……はあ。
　今目の前にいるコイツと同じ顔なのかと思うと、ため息が出る。
　顔だけじゃなく、背丈、髪質、肌質……そして好きなものキライなものまでほぼ一緒だ。
　一卵性だから、当たり前なのかもしれないが。
「そういえば、あの子には会えたの？」
「……っ」

"あの子"
　強気に出ていた俺も、その言葉には素直に反応してしまった。
　……が。
「まあな」
　必死に平静を装って答える俺に、さらにムカつくことを言ってくる。
「じゃあ、もうモノにできた？」
　意地悪く言いながら、目の前にいい香りのするカップが置かれた。
　コーヒーに罪はないが、帝が淹れたってだけでぶちまけたい衝動に駆られる。
「……誰かさんのおかげで手こずってる」
「誰かさん……？　ああ、もしかして俺？　はははっ」
　……マジでコイツ、殴りてえ。
　その類いの勝負では帝に負ける気はしねえ。
　小学生時代、愛莉をからかっていたのは俺じゃない。
　目の前にいるコイツ、帝なんだ。
　桜子から、俺が同じ小学校にいたことを聞かされた愛莉は、きっと俺がからかっていた張本人だと思ったのだろう。
　だからこそ、俺を避けたんだ。
　それがわかっていながら愛莉にほんとのことを言えなかったのは、双子としての責任があるから。
　あれは俺じゃないと言って、すむ問題じゃない。
　俺の片割れが愛莉を傷つけたことには、変わりねえんだ

から……。
 俺と愛莉は同じクラスになったことはない。
 そもそも、帝が双子だと知っていたのかも怪しいし、俺のことなんて知りもしなかっただろう。
「女遊びも大概にしろよ」
 俺がどんな思いでいるかも知らずに笑い飛ばす帝に、はらわたが煮えくり返り、そんな言葉を投げた。
「余計なお世話」
 相変わらずな帝の言葉に呆れ、俺はシャワールームへ向かった。

「……ったく誰のせいで」
 蛇口をひねり、熱いシャワーを頭からかける。
 小学生のとき、帝には同じクラスに好きな女がいた。
 それが、愛莉——。
 幼稚な帝は、愛莉に『ブス』だの暴言を吐いていた。
 帝なりの、下手な愛情表現だ。
 構ってほしいが故(ゆえ)の、幼稚なもの。
 だけど、そんなことがわかるわけもない愛莉は、一瞬にして帝に苦手意識を抱き、さらに男ギライにまでなってしまったらしい。
 帝は家でよく愛莉の話をしていた。
 最初は相手の女の子が気の毒だな、なんて思って興味本位で彼女を見ていたが、俺が愛莉を好きになるのには時間はかからなかった。

俺たちは、結局好みが同じだから。
　学校内で会うと俺は密かにドキッとしていたが、同じ顔をしているせいか、愛莉は俺の姿を見ると必要以上に怯え、逃げちまうんだ。
　帝じゃないのに……。
　俺は、"煌"なのに。
　それが悲しく悔しかった。
　その後、アメリカへ引っ越ししたが、俺の心にはずっと愛莉がいた。
　日本への帰国も、愛莉に会いたい……そう思ったからだ。
　中学３年のとき、愛莉は白百合に進学することを知り。
　白百合が黒羽と合併する情報も入手していた俺は、黒羽へ進学することを決める。
　そして、入学してから一年が過ぎ合併された。
　下っ端に愛莉の行動を調べさせると、保健室に行っていることが多いようだった。
　どこか具合が悪いのか？
　心配になりながらも、駆けつけた保健室のベッドで寝ている愛莉を見たときはうれしさしかなかった。
　６年ぶりの再会なんだから当然だな。
　見た瞬間、当時の純粋だった気持ちが一気によみがえる。
　あれからいろいろなことを経験してそれなりに擦れた俺も、その気持ちを呼び起こしてくれるほどの感動。
　あのころと変わらずかわいい。
　けれど確実に女らしくなっていて、気持ちを抑えられな

かった。
　……モノにしたい。
　どうしても手に入れたい、そう思った。
　愛莉が保健室にいる理由を、黒羽と合併したことによる体調不良と聞き、帝のしたことの罪の重さを感じ罪悪感にとらわれる。
　まだ男ギライが治ってねえのか。
　……なら。
　帝のせいで男ギライになってしまった愛莉のために。
　目立たず地味に過ごしてきた愛莉のために。
『俺が存分に愛してやるよ……』
　眠っている愛莉に向かって、そっと口にする。
『でこっぱち』なんていう帝の心無い言葉で、当時伸ばしていた前髪を切り、見えなくなってしまった額。
　あれ以来、しっかりと眉の少し下で切り揃えられるようになった前髪。
　額を出してポニーテールにする元気な姿がかわいかったのに……。
　だから俺は、何度もその額にキスしてやるんだ。
　幸いにも、愛莉は"俺"の顔も、鷹柳という名前にも覚えはないようだった。
　愛莉との出会いを一からやり直し、嫌がられてもウザがられても、いつか俺のモノにしてみせる——。
　やり方は強引だったが、だんだん俺に気と心を許し始めているのも雰囲気で感じ取っていた。

すべて、うまくいくはずだった。
　桜子の転入という不測の事態で、覆されることになるまでは。
　ほんとなら帝と同じ学校に行きたかっただろうに、聖鴎学園は男子校だから通うことができず、俺のいる白百合を選んだらしい。

　愛莉があやめに来なくなって数日が過ぎた。
　そのせいで、昼と放課後は隣の部屋で過ごしていたハクも、あやめに居座っている。
「やっぱここのほうが過ごしやすいよな」
　大して変わらねえくせに。
　自分の家みたいに大きな顔をして、漫画を読みふけっている。
　ソファにデカい体を投げ出した姿を見ては、ため息しか出ない。
　愛莉と同じ人間って生き物なのかと疑いたくなるこの差はなんだ。
「煌〜」
「……あ？」
　漫画に没頭していると思っていたハクが俺を見ていた。
「最近さらに人相悪くなったな」
「てめーに言われたくねえわ」
　どのツラ下げて、んなこと言ってんだか。
　鏡見てこいって話だ。

それにしても、愛莉がいない空間がこんなにも霞んで見えるなんて。
　花が咲くかのように笑い、俺の言動にいちいち顔を真っ赤にして。
　だんだん俺に慣れていく愛莉を見て、毎日好きな気持ちが膨らんでいった。
　止められるわけねえくせに、手放して……。
　何度も口づけた額が恋しい。
　唇は……ちゃんと恋人同士になってから……と思っていた。
　もう、俺にはそんな余地すら残ってねえのか？
　こんなことなら、強引にでも奪っときゃよかった。
「なんだよ、らしくねえじゃん。総長がそんなだと締まらねえぞ」
「だったらお前が総長になれよ」
「はあ？　本気でおかしくなったのか？」
「なんとでも言えよ」
　もうどうにでもなれ。
　なげやりな気分でいると。
　──ガラッ！
　血相を変えて南里が飛び込んできた。
「愛莉来てねえか!?」
「来てるわけねえだろ」
　嫌味かよ。
　そんなのお前が一番わかってんじゃねえのか……って。

「どういうことだ?」
　冷静に考えて、顔が強張る。
「下のヤツに呼ばれて。愛莉には待ってろっつったんだけど、待たせといた場所にいねえんだ」
「ひとりで帰ったのか?」
「わかんねえ……」
「クソッ……」
　俺は勢いよくソファから立ち上がった。
　……胸騒ぎがする。
　南里がまだ学校に残っていて、愛莉がいないとなると。
「電話しても出ねぇんだ」
　そう呟く南里の顔はみるみる青くなっていく。
「ウソだろ……」
　俺も同様だ。
「とにかく探しに行く。お前のバイク借りるぞ」
「おう」
　ハクがバイクのキーを投げてよこす。
　片手でそれをキャッチすると、俺はあやめを飛び出した。
　あてがあるわけじゃない。
　ただ、守りたい一心が俺の足を動かしていた。
　俺の女、として。
　行きも帰りも、俺の家の車でともにしていたのは、もちろん一緒にいたいというのもあったが、もっと別の理由があった。
　鳳凰の総長が囲っている女として、他の族から愛莉が狙

われたら困るからだ。
　不本意だが、愛莉から距離を置かれてる今、南里にその役目を頼んでいた。
　そのとき、俺のスマホが鳴った。
　こんなときに誰だ？
　……こんな時だからかもしれない。
　胸騒ぎがして、慌ててスマホを取り出すと。
「愛莉……？」
　画面に表示された名前を見て、眉をひそめた。
　愛莉が俺に電話をかけてきたことなんて一度もない。しかもこんなタイミングで。
　……愛莉じゃないだろ。
「……誰だ」
　通話をタップして低い声でそう放つと、向こうからは鼻で笑うような声が聞こえた。
　……やっぱりか。
　画面に愛莉の名前が現れた時点で、もう愛莉は誰かに捕まっている、そう確信せざるをえなかった。
『相変わらず機嫌わりいなあ』
　そいつがやっぱり鼻で笑うようにそう言うと、まわりではドッと笑う声が聞こえた。
　……っ。
「誰だお前」
『おっと、そんな口利いていいと思ってんのか？』
　俺の弱みを持っているからこその上から口調。

こんなにも早く愛莉が捕まってしまったのかという落胆と、守りきれなかった自分に腹が立ってしょうがない。
『さすが天下の鳳凰だな。わかってんなら話ははえーわ。ただし、俺を怒らせたら、大事なお姫様がどうなるかわかんねえぞ。言葉には気をつけろ』
『……彼女に何した』
　見えるものすべてをこの手で壊してしまいそうな衝動にかられ、きつく目を閉じた。
『このまま降伏すれば、お姫様は無傷で返してやってもいいが』
　……っ。
『下手に動いたら、鳳凰の姫はキレイな体では帰れないと思え』
「波佐間ぁーーーーーっ！」
　こんな汚いことする族はひとつしか思い当たらない。
　電話の相手はそこのトップだと確信し、名前を叫んだ。
　元黒羽高校と同じ区域に位置する、不良高校を牛耳っている男だ。
　チームの人数は多くないが、やることが姑息でかなり面倒くさい集団。
　鳳凰は相手にしていないが、売られたケンカは買う主義の鳳凰。しょっちゅう波佐間とは顔を合わせていた。
　黒羽が合併してから、大人しくなったと思っていたら……クソッ。
　いっそのこと、鳳凰の地位なんていくらでも差し出して

やる。そう思ったが。
　仲間たちのプライドを考えたら——。
「降伏なんてするわけねえだろ。……売られたケンカは買うまでだ」
　俺が愛莉を守ればいい。
　ただそれだけの話だろ。
　言い放ち、電話を切った俺は、波佐間のアジトへバイクを走らせた。

## 煌くん、助けて。

　あれからずっと、南里くんは一緒に下校してくれている。
　足のケガは完治したし、ひとりで帰れるのにずっと疑問だった。
　もしかして、煌くんと仲たがいしたことで何か気にしてくれているのかな。だったらすごく悪い気がしてならない。
　そもそも、南里くんにはまったく関係のないことなのに。
　それに、南里くんの気持ちを知って気まずいのも確か。
『ちょっと用があるから、下で待ってて』
　ＨＲが終わった後。南里くんにそう言われて、しばらく昇降口で待っていたんだけど。
　思えば思うほど、送ってもらう意味がないことに申し訳なさが募った。
　いつまでも、こんなことを続けるわけにいかないのもわかってる。
　だったらいつかやめないと。……それが、今日のタイミングなのかも。
　だから私は南里くんを待たずに、そのままひとりで学校を出たんだ。
　ひとりで下校するの、久しぶりだな。
　いつも誰かが隣にいたから、ひとりがこんなに寂しく心細いなんて知らなかった。
　……しょうがないよね。

トボトボと歩いて、もうすぐ駅、というところまで来たとき。
「参ったなぁ……」
　聞こえてきたのは男の子の声。
　ふと見ると、スマホを手にした男子高生がものすごく困った顔をしていた。
　どうしたんだろう？
　なんとなく気になって見ていると、目が合ってしまい。
「あのすみません」
　彼は小走りに駆け寄ってくると、丁寧な姿勢で話しかけてきた。
　えっ……。
　まさか話しかけられるとは思ってもなくて、身構えてしまったけど。
「スマホを貸してもらえませんか？」
「えっ？」
「急用で電話をかけたいんですけど、充電が切れちゃって」
　両手を合わせて頼み込む彼は、ものすごく切羽詰まっているように見えた。
　どうしよう……。
　男の子だしちょっと怖い。
　でも、ものすごく困っていそうな彼を放っておけなくて。
　見た目、どこにでもいそうな普通の男子高生。
　学校内でたくさんの不良を見ている分、警戒心も薄れていて。

「こ、これでよければ……」
　私はカバンからスマホを取り出し、彼に差し出した。
「ありがとうございます！」とスマホを受け取った彼は、手早くどこかへ電話をかける。
「もしもし。ああ俺……ああ……」
　内容を聞くのもどうかと思い、少し離れたところでそんな様子を見守っていた。
　こんなこともあるよね。
　人助けできたならよかった。
　ホッとしたように電話を続けている彼に再び目を向けると。
「えっ……」
　話をしながら歩き始めていた。しかも、私から遠ざかっていくのでびっくりする。
　私のスマホを持ったままどこへ行くの!?
　大通りから細い裏路地へと入っていく彼を、慌てて追いかける。
「あのっ……」
　背後から声をかけた瞬間、彼は速度を上げた。
　えっ……ちょっと……！
　わけがわからないまま追いかけ続け、路地を曲がって曲がってどこにいるのかわからなくなったとき、彼をも見失ってしまった。
「ウソでしょ……？」
　どういうことだかわからないままに立ち尽くしている

と、突然両脇を誰かに取られた。
「大人しくしてろよ」
　耳元で低くささやかれる声。
「……っ」
　私は、喉の奥が詰まったようになり、一気に声が出なくなる。
　一瞬にして背筋が冷たくなった。
　両側には知らない男がふたり。
　そしてちょうど、目の前に車がつけられて。
「乗れよ」
「やっ……！」
　そのまま私は、抵抗もむなしくその車に押し込められた。
　何、なんなの……？
　左右には男。運転席にも男。
　助手席には……さっきスマホを貸した男子高生。
　困っていたあのときとはがらりと表情を変え、不敵に笑っていた。
　……え、どういうこと……？
　サッと血の気が引いた。
　何これ、誘拐？　スマホを貸して……って、さっきのはウソだったの？
「やだっ……！　降ろしてっ！」
「うるせえなぁ」
　いくら叫んでもわめいても、男たちは素知らぬ顔。
　前にもこんなことがあった。

手紙で騙されて怖い目に遭った。
　あんなことが二度も起きるなんて夢にも思わなかったし、ましてや学校の外。
　子供でもない私が誘拐されるとか考えたこともないのに。
　……なんで？
　どうして私ばっかりこんな目に？
　あのときは、煌くんと翔和さんに助けられたからよかったものの。
　今回は誰もこの状況を見てないわけで……私、どうなるの……。
　自分の置かれた状況がわからず……とにかく怖くて……あまりの恐怖に、私の意識はいったんそこでプツリと途切れた。

　次に目を覚ましたのは、誰かが電話している声が聞こえたから。
　ここは何かの事務所のようで。
　髪を金色に染めた柄の悪い男が、私のスマホで電話をかけていた。
「このまま降伏すれば、お姫様は無傷で返してやってもいいが……下手に動いたら、鳳凰の姫はキレイな体では帰れないと思え」
　そう言った瞬間、電話の向こうから何かを叫んでいる声が聞こえてきた。

鳳凰の姫って。
　えっ……。
　もしかして、電話の相手は煌くん……？
　私を人質にとって、煌くんを呼び出そうとしてるの？
　だんだんと事情がのみ込めてきた。
　これは暴走族同士のケンカに、私が巻き込まれたのかもしれない。
　たまたま私が誘拐されたんじゃなくて、初めから私を狙っていたんじゃないか……って。
　下手に動いたらっていうのは、鳳凰で乗り込んできたらということを意味しているのかも。
　とすると、煌くんは……。
　まさかひとりで来るの？
　……怖いから助けてほしい。
　でもここにひとりで来たら勝てるわけない。煌くんが犠牲になるのも嫌。
　でも、怖い……。
　煌くんっ……煌くんっ……。
　心の中では煌くんを求め続ける。
　いつの間にか電話は終わっていたようで、男はスマホをその辺のソファに放り投げると私に近寄ってくる。
「ふうん。鳳凰のトップの趣味ってこんなのか」
　しゃがみ、私と目線を合わせて。
　とっさにそらすと、顎をつかまれて強引に視線を合わせさせられた。

「……っ」
　ゾクゾクと悪寒が襲い、鳥肌が立つ。
「派手な女かと思えば、超清純そーじゃん」
　男は細い目をさらに細めて気味悪く笑う。
「でもまあ、かわいいな」
　ウソかほんとかわからない言葉。
　それに、こんな人にかわいいなんて言われても少しもうれしくない。
「アンタも災難だな。姫なんかになったばっかりに」
　姫って……。
　さっきも電話で言っていたけどなんなの……？
　あ……。
　最初にあやめに連れていかれたとき姫にするとかどうとかって話してたけど……そういうこと？
「でもよ、それでいい思いしてきたんだろうから、少しくらい我慢してもらわねーと」
「やっ……」
「おいおいー、震えちゃってるよ」
　そう言えば、まわりの男たちもドッと笑う。
　この部屋にいるのは、ざっと10人くらい。
　男しかいない空間に、改めて鳥肌が立った。
　やだ、怖い、誰か助けて……！
　私のことまで調べられていたんだとわかり、今になって恐ろしさがまた襲ってきた。
　この人が、この暴走族の総長なの？

煌くんとまったく違うよ。
　トップにふさわしい慕われるようなオーラもなければ、ただ柄が悪いだけ。
「姫を野放しにするなんて、鳳凰の総長もずいぶん脇が甘いんだな」
　……煌くんのせいじゃないよ。
　私が勝手に離れたりしたから。
　なのに煌くんが悪く言われて悔しい。
「アイツが守らなかったせいだな。姫ぐらいちゃんと守れっつうの」
　自分たちが拉致したくせに、よくもそんなことが言えると思いながらもハッとした。
　煌くんが毎日送り迎えしてくれてたのは、もしかして私をひとりにしないため……？
　解放して……と言ったあとも、南里くんが一緒に帰ってくれたのも、そういうことだったの？
　鳳凰の"姫"と認識されている私を守るために——。
　胸の奥が、ぎゅっと痛んだ……。
　そのときだった。
　バイクの音が聞こえたのは。
「あ、もう来た？」
　男が外にチラッと目をやり、他の男が窓から何かを確認してうなずいた。
「ふっ、ずいぶんはえーな」
　え？

もしかして煌くんが来たの？
　……ひとりで？
　ダメだよっ！
　だってここには10人もいる。
　資料室で5人をひとりで相手にした煌くんだけど、あのときの人たちよりも格段に柄が悪いし、それだけで強そうに見える。
　何より数が違う。
　いくらなんでも、煌くんひとりで太刀打ちできるわけないよ。
「さっさと済ますから、大人しく待ってろよ」
「やめてっ……！」
「お互いに愛だね〜。まあ、もう少ししたら会わせてあげるから、ふたりで傷でもなめ合いな」
　男はそう言い放つと、他の仲間を連れてこの部屋を出ていった。
　私は動こうとしても手がロープで縛られ、イスに固定されているからどうにもならない。
　誰もいなくなった部屋で唇をかみしめた。
「愛莉はどこだ!!」
　煌くんっ……！
　愛しい人の声が聞こえた瞬間、堪えていた涙がぶわっと溢れてきた。
　動かないこの体がもどかしい。
　すぐそばにいるのに……近づけないっ。

「愛莉って、あの純情そうな子の名前か」
「てめえっ……！　愛莉にはお前の汚い指１本触れさせねえからなあっ!!」
「あー、鳳凰の大事な大事なお姫様だもんな」
「ちげえよ。残念ながら、アイツは鳳凰の姫じゃねえ」
　姫じゃない。
　うん。知ってる。
　でもそれを即座に否定されたことで、チクリと痛む胸。
　……煌くんはやっぱり……。
「ウソついても証拠は上がってんだよ！」
　そして、何かで壁を殴ったのかものすごい音がとどろいた。
　ビクンッと肩が上がる。
　シン、と静まりかえった壁の向こうに、煌くんの低い声が落ちた。
「誰が鳳凰の姫だ。……アイツは……俺のモンなんだよっ!!」
　──ドクンッ……！
　俺のモノ……。
　断言したその言葉に、胸が震えた。
　姫じゃないけど……俺のモノ……って。
　はじめてあやめに行った日に、宣言されたこと。
　じゃあ、煌くんは、ほんとに私のことを……？
　からかってるんじゃなくて、ちゃんと私を好きでいてくれてたの？
　ねえっ……。

ほんとの気持ちが知りたいよ……。
　涙がジワジワ溢れてきた瞬間。
「……だったらもっと都合いいじゃねえか。やれ」
　男が合図を出し、すぐに鈍い音が聞こえてきた。
　それは、殴る蹴るの音で……。
「てめえぇぇぇぇぇっ!!」
「おらぁぁああっ!!」
　さらに、一生懸命立ち向かっている煌くんの声も聞こえる。
　でも……声は次第に聞こえなくなっていった。
　私は知ってる。
　煌くんがものすごく強いことを。
　でも、10人も相手がいたらどんな最強な人でも無理なのは百も承知。
　それがわかっていて、煌くんはひとりでここへ来た。
　それは私のため……？
『下手に動いたら、鳳凰の姫はキレイな体では帰れないと思え』
　そんなふうに、言われたから──。
「うっ……うっ……」
　動くこともできず、私は涙をこぼすしかできない。
　でも、煌くんは強いから……絶対に大丈夫……。
　心の中で、ただひたすらに祈り続けていたとき。
「は？　鷹柳がふたりっ!?」
「ど、どうなってんだよ！」

部屋の向こうで変なことを口走る男たち。
　煌くんがふたりって……。
　どうしたの？
　何？　幻覚でも見えてるの!?
　どうなっているかわからず、でも私はそこから１歩も動けなくて。
「うわあっ！」
　それでもドア越しに、向こうの状況が変わったことが感じ取れた。
　相手側が劣勢になっているような声が聞こえてきたから。
「てめえっ……よくもっ……！」
　同時に、しばらく聞こえてなかった煌くんの声まで聞こえるようになる。
　きっと味方が加わったんだ。
　希望の光が見えた気がして、私は涙を拭いて、ただひたすら祈った。
　しばらくすると、ドアの向こうは静まりかえり。
　終わったの……？
　張り裂けそうな胸で深く呼吸をしたあと、耳を澄ますと。
「……んで来たんだよ」
　煌くんの声。
　煌くんが勝ったの……？
　でも、相手の男たちの声は聞こえないからきっとそうなんだと確信した。

誰か、仲間が応援に来たってことだよね。
　ハクさん？　もしかして南里くん？
「帝」
　だけど、煌くんが呼んだ名前は私が知らないものだった。
「んなの今どーでもいいだろ」
　それに答える声が聞こえてきたけど、まるで煌くんが喋っているかのよう。
　……声が似すぎていて。
「そうだな」
　すると、ガチャっとこの部屋のドアが開いた。
「愛莉っ……」
　そこに見えたのは、煌くんの姿。
　私の顔を見た瞬間顔を歪めた煌くんは、すぐにロープをほどいてくれた。
　よかった……ほんとに助かったんだ……。
　安心して全身の力が抜けそうになって。
　倒れそうになったところを、とっさに煌くんが支えてくれた。
「ごめん愛莉、怖い思いさせて」
　私をぎゅっと抱きしめながら謝る。
「うっ……」
　それだけで、もう胸がいっぱいで言葉にならない。
　ただ涙を流しながら、首を左右に振ることしかできなかった。
　だって、私は自分から勝手に煌くんから離れたんだから。

煌くんは、ずっと私を守ってくれていたのに。
　そんなことにも気づかずに。
「何もされてないか？」
　体を少し離し、覗き込むように私を見る。
「だい……じょうぶ……」
「よかった……」
　安堵に溢れたその声。
　　……そうだよ。
　私の知ってる煌くんは、こういう人だった。
　過去のことがどうとか。そんなの関係ないの。
　私は、今の煌くんを好きになったんだから……。
「ひとまず、ここを出よう」
　煌くんに支えられるようにして外に出ると、そこには車が停まっていて煌くんが私を中へ促す。
「俺はこのバイクに乗って帰るから」
「ああ。頼む」
　帝って初めて聞く名前だけど、鳳凰の人なのかな。
　車に乗る前にチラリと彼の姿を視界に入れると、ヘルメットをかぶっていてその顔はわからなかった。

## お気に召すままに。

　連れてこられたのは、高級マンションの最上階だった。
「ここは……？」
「俺の家だから安心して」
「煌くんの家っ!?」
　ひとり暮らしにしては広くてキレイすぎる部屋に、驚きが隠せない。
　もっと、小さいアパートを想像していたから。
　家具もすべてセンスよくそろえられていて、高校生のひとり暮らしとは到底思えない。
　そもそも、煌くんは、どうしてひとり暮らしをしているんだろう……？
　……と、さっきから私はずっと気になっていた。
「あの、救急箱ありますか？」
「救急箱？　愛莉どこかケガしたのか？」
　サッと表情を曇らせる煌くんに、私は首を振る。
「私は大丈夫です。でも、煌くんがっ……」
　見るに痛々しい煌くんの顔。
　キレイな顔が、殴られて腫れていた。
　口の横も切れている。
　帝という人が来る前に、殴られちゃったんだよね。
　痛々しいよ。
　私を支えてくれているその体だって、ほんとは痛いはず。

「こんなのツバつけときゃ治るって」
「ダメです！」
　そうきっぱり言いきると、煌くんは少し驚いたような顔をして。
　渋々救急箱を取りに行った。
「痛かったら言ってくださいね」
　ガーゼに消毒液をたらし、口の横の傷に当てる。
　ツバつけときゃ……なんて言ったくせに、やっぱり痛いらしく時折顔を歪める。
　……我慢なんてしなくていいのに。
「鳳凰の総長の名が聞いて呆れるな……情けねえ……」
　きっと、今までもたくさんケンカをしてきたんだよね。
　でも今日みたいなことは初めてなのかも。
「そんなことないですっ！　あんな大勢で寄ってたかって……卑怯ですよ」
　どんなに強くたって１対10なんて……。
　それでも対等に闘えていたことはすごすぎる。
　思い出せば、じわっと涙が溢れた。
　それを煌くんが優しく拭ってくれて……。
「ありがとな」
　トクン……と胸が鳴った。
　……ああ、やっぱり私は煌くんが好き。
　そう確信する。
　手当てを終えると、あやめみたいにソファに並んで座った私の肩を煌くんが抱いた。

「やっぱダメだ……」
「……え?」
「解放なんてできねえ」
「……煌……くん……」
「愛莉がなんと言おうが、俺は愛莉が好きだ」
　素直にうれしかった。
　まっすぐな瞳でそう告げる彼の言葉には、一点の曇りもなくて。
　私も好きです——そう伝えようとしたとき。
　ガチャガチャと玄関で物音がした。
　思わず肩がビクッと上がる。
　怖い男の人たちが追いかけてきたのかと思って。
「大丈夫だから」
　煌くんが優しく私の手を握ったところで、リビングのドアが開いた。
「つうかなんなんだよ!　なんか急に胸騒ぎするからお前に電話かけても通じねえし、仕方ねえからお前の交遊関係調べて翔和とか言うヤツに聞いたら、おかしなことになってるとか言われてよ」
「あー、それでか」
「それでか、じゃねえだろ。慌てて車回させて間に合ったからいいものの……」
「頼んでねえし。俺ひとりで余裕だった」
「……ったく。いい加減家に戻れって。いつまでもこんなとこでひとり暮らししててもしょうがねえだろ。母さんも

ああ見えて寂しがってんだよ」
　そう捲し立てる人物を見て、私は固まった。
　思わず、隣にいる煌くんを見てしまう。
　だって……。
「煌くんが……ふたり……？」
　すると、彼は表情を緩めてぷっと噴き出した。
「さっきのヤツらもそんなこと言ってたな」
　そう言いながら、冷蔵庫を開ける姿はどこからどう見ても煌くんでしかなくて。
　さっきの男たちもそう言ってたのを思い出した。
　何が起こっているのかわけがわからない。
「今このタイミングで入ってくんな。空気読め」
　煌くんは不機嫌さを明らかに出しているけど……。
「誰のおかげで……」
　やれやれという感じで向かいのソファに座る彼は、そう言うと初めて私に目線を合わせた。
「初めまして……でもないか……」
　そう前置きをした彼は、
「煌の兄、鷹柳帝です」
　そう言ってニコッと笑った。
　お、お兄さん……!?
　煌くんお兄さんがいたんだ。
　帝って……。
　あっ！　さっき助けに来てくれたのはお兄さんだったんだ！

それにしてもそっくりすぎる……。
　瓜二つのその姿に、まだ目をパチパチさせてると。
「双子なんだよ」
　隣から、不機嫌な煌くんの声。
「ふ、双子っ!?」
　思ってもみない言葉が返ってきて、私はひっくり返りそうになってしまった。
　だって、煌くんが双子だったなんて初耳だもん！
「初めまして、って言ったけど、昔会ってんだよね」
　そう言って、ニコッと笑う彼。
　一瞬、意味がわからなかったけど。
　あ、そうか。
　煌くんが同じ小学校だったなら、双子の帝くんだって同じ小学校だったはず。
　そう勝手に納得していると、帝くんは息が止まりそうなことを言った。
「きみは、俺の初恋の人だから」
　そして、私に向かって手を伸ばしてくる。
「ひゃっ……」
「ふざけんな」
　それを煌くんが払いのけた。
　同じ顔だとしても別人。
　触れられるかと思ったら、ヒヤッとしてしまった。……帝くんには申し訳ないけど。
「いいだろー？　初恋の人との再会なんだから」

帝くんは煌くんに文句を言う。
　……初恋って……どういうことかな。
「覚えてない？　俺、愛莉ちゃんと小学校のとき、同じクラスだったんだよ」
「……」
　もう、頭が混乱中。
　煌くんが双子ってことだけでもびっくりなのに、その人と私は同じクラスだった……？
　え？　何？　どういうこと？
　……ってことは。
　煌くんと同じクラスだと思っていたけど、そうじゃなかったの？
　同じクラスだったのは……帝くんのほう!?
「えっ……！」
　じゃあ私ってば……もしかして勘違いしてたの？
　煌くんだと思っていたのは、目の前の帝くん……？
　高校生になった今もここまでそっくりなら、小学校時代だって同じ顔のはず。
「桜子から聞いたんだよな？　俺が愛莉と同じ小学校にいたこと」
　煌くんから言われ。
　こくり。私はうなずく。
「愛莉は小学校時代の俺を思い出したんだろうけど……それはおそらく帝だ」
「……」

言葉が出なかった。
　じゃあ、私をからかっていたのはやっぱり帝くんのほうなの……？
　私ってば、ひとりで勘違いして煌くんのことを不審に思って。
「帝が愛莉に言ってたこと、全部知ってる……。傷つけて悪かった」
　やっぱり……。
　苦しそうに告げた煌くんは、眉を下げた。
　……煌くんじゃ、なかった……。
　そのことを知った今、全身の力が抜けてしまう。
「……ごめんね？　愛莉ちゃんにいろいろ言ってたのは、全部愛情の裏返しだったんだ」
　続けて、煌くんにそっくりな顔で、そうカミングアウトする帝くん。
「……え？」
「愛莉ちゃんは俺の初恋の人だった。俺、愛莉ちゃんに構ってほしくて。ちょっかい出して愛莉ちゃんの注意を引こうとしてたなんて、ほんとどーしよーもねえガキだよな。言ったことは本心じゃなくて全部その逆だよ。愛莉ちゃんがかわいくてたまらなかったんだ」
「……っ」
　ほんとに……？
　私は真に受けて、心の底から傷ついていたのに。
　かわいくないんだと、本気で思って自信をなくしていた

のに……。
「愛莉、悪い」
　放心してる私に、もう一度煌くんが口にする。
「ううん……。じつは桜子ちゃんから煌くんが同じ小学校にいたこと聞いて……それで……私をからかってたのは煌くんだとばかり……」
「誤解しても仕方ねえよな」
「それで、私……」
　そこまで言って、ぎゅっと唇をかみしめると。
「いい……言わなくてもいい。わかってるから」
　煌くんが、私をぎゅっと抱きしめた。
　……煌くんは、私がどうして離れていったか知っていて、自分のせいじゃないのに、それを受け止めようとしてくれていたんだ。
　……なんて、優しい人……。
　煌くんへの想いが、もっともっと膨らんでいく。
「だからって、帝のことは許さねえけどな」
　顔を上げて、帝くんを責め立てる声が聞こえた。
　……もしかして、煌くんと帝くんは仲がよくないのかな。
　家族も帰ってきているのに、ひとり暮らしなんて。
「愛莉ちゃん、ほんとにごめんね」
　許さないと言った煌くんには言葉を返さず、繰り返し謝罪を口にする帝くん。
　あのときのことなんて、もう時効なはず。
　それに、本気でイジワルしていたんじゃないなんて知っ

たら……。
　私は黙ってうなずいた。
「でも、ひとつだけ……」
　そうこぼした私に、ふたりは同じ顔で黙って耳を傾ける。
「好きな人には、ちゃんと好きって伝えてくださいね？」
　どうしてこんな言葉を投げたのか、自分でもびっくりする。
　でも、ほんとに相手のことが好きだったなら。
　まっすぐに伝えてほしい——煌くんみたいに……。
　そう思ったんだ。
　やっぱり、そのほうがうれしいから。
　もう子供じゃないから、そんな間違いはしないかな。
「ははっ……言われちまったな」
　帝くんはバツが悪そうに頭をかいて、何かに気づいたように言う。
「俺……もしかしてお邪魔？」
「もしかしなくてもな」
　即答する煌くん。
　そんな答えに、私がかぁぁっと熱くなった。
「とっとと失せろ」
「はいはい。そろそろ俺も自宅に戻るよ」
「……そうしろ」
「でもよ、お前も帰ってこいって」
　そんな問いに、私は煌くんの横顔をじっと見つめた。
　私もそのほうがいいと思うから。

「……考えとくよ」
　よかった。
　ひとり暮らしなんて寂しいもんね。
「じゃあね、愛莉ちゃんまた」
「またはねーよ」
「おお、こわっ」
　そんなやりとりを残して帝くんが出ていき、またふたりきりになる。
「とんだ邪魔が入ったな」
　煌くんは不満そうに言うけど、
「そんなことないです。帝くんに会えてよかった……」
　私がそう口にすれば、もっと不機嫌になる煌くん。
「なんだよ。帝のこと気に入ったのかよ」
「ちっ、違っ……！」
　どうしてそうなるの？
　ほんの数分しか顔を合わせてないのに、気に入るとかありえないよ。
　ただ……。
「煌くんのお兄さんに会えたのがうれしかったんです」
「……え？」
　……だって私は……。
「煌くんが……好きです……」
　体を煌くんのほうにまっすぐ向けて、伝えた。
　やっと伝えられた自分の気持ち。
　私が男の子に告白する日が来るなんて、思ってもみな

かったよ……。
　すると、微動だにせず固まる煌くん。
　……えっと、あの。
　勇気を出して告白したんだから、リアクションしてくれないと。
　バクバクと高鳴る心臓は、もう口から飛び出しちゃいそう。
「……マジかよ……んなこと言ったら本気にするぞ」
　険しい顔で、低く呟く煌くん。
「本気にして……いいですっ」
　恥ずかしくて煌くんの顔が見れない。
　きっと、私史上最高に真っ赤になってるよ。
「でも、ひとつだけ聞いてもいいですか……？」
　思いきって言うと、煌くんは首をかしげた。
「前に……聞いちゃったんです。桜子ちゃんがあやめにいたときに……その『女なんて誰でもいい』そう、煌くんが言ってたのを……」
　ずっと気になってたんだ。
　これを聞かないと、やっぱりすっきりしないもん。
「ああ、あれか……」
　思い出したように煌くんはうなずいて。
「帝のことだよ」
「へっ？　帝くん？」
「話の前後、聞いてなかったのか？　帝の話になって、『アイツは女なんて誰でもいい』って言ったんだよ。女遊びが激しいから。桜子は帝のことが気になってるみたいだけど、

それでも素直にならねえから、軽く挑発してみただけ」
「あっ……」
　そういうことだったの？
　桜子ちゃんは帝くんが好きなの？
　なぁんだあ……煌くんじゃなかったんだ。
　でも、タイプを聞いて煌くんと一致するのは当たり前か。双子なんだもんね。
　あの発言も、煌くん自身のことじゃなくてよかった。
「ひゃっ」
　安心した瞬間、ぐわんと世界が回って。
　体は柔らかいソファに沈んでいた。
　……っ！
　何される!?
　目を閉じながら身を固くしてじっとしていると、まわりの気配が感じられなくなるほど静かになって。
　あれ？　煌くんは……？
　そう思って、ゆっくり目を開いた。
「きゃっ……！」
　そこには、顔の両側で手をついて私を満足そうに見下ろしている煌くん。
　──ドクンッ。
「そんな怯えんなよ。本気にしていいっつったの、愛莉だろ」
　言った、けど。
「キスしていい？」
「……っ」

いつも、勝手にしてたのに。
　こうやって改まって聞かれると、恥ずかしくてたまらないよ。
　しかも……もう聞かなくてもいいのに。
　いいよって言葉にするのも恥ずかしくて、コクンと首を縦に下ろして見せると。
「やべえ……かわいくてたまんねえ……」
　そう言ってふっと笑った煌くんの唇が、私の唇にそっと重なった。
「……っ！」
　まさか唇にされるとは思わなくて、思いっきり目を見開いてしまう。
　おでこへのキスに慣れてたから、煌くんのキスって言ったら、てっきりそうだと思ってた。
　……そっか。
　だからわざわざ聞いてくれたんだね。
　なのに全然心の準備ができてなくて、頭の中まで真っ白になりそう。
「どうしたの？」
　固まっている私に。
「あ、いやっ……えっと……」
　唇にされるなんて思ってなかった、なんて言ったら煌くんはどんな反応するかな？
「もう１回いい……？」
「えっ……」

「愛莉の唇、中毒性がある」
　中毒!?
　なかなかに物騒な言葉だけど、再び触れた唇はとても優しくて。
　髪を撫でてくれながら、何度も何度もついばむように唇を重ねる。
　その温かくて優しい感触に、意識が飛びそうになる。
　体が熱くなってきて、自分が自分じゃなくなりそうだよ。
「……んっ……ふっ……」
　無意識に声が漏れちゃう。
　そうしているうちに、煌くんの唇がいつの間にか首筋に移動して。
　シャツのボタンに手をかけてきた。
「ひゃっ！」
　思わず体をよじる。
「こ、煌くんっ……、ダメってば……」
　だって恥ずかしすぎるもん！
　切れる息で、なんとか口にするけど。
「いーの。愛莉は俺のモンだから」
　煌くんはやめない。
　２つ３つとボタンは外され、煌くんは露わになった胸元にキスを落とした。
「……んっ……」
　俺のモノ……。
　そう言われれば、すごくうれしい自分がいる。

誰かに必要とされて、誰かのために存在できていること。
　今まで、自分なんて……そう思っていたけど。
　誰かに愛されるってこんなに幸せなことなんだ。
　煌くんの瞳も言葉も。
　手も唇も。
　すべて愛で溢れてる。
　私だって、煌くんが大好きだから。
　……煌くんの愛情表現には敵わないや。
「もう十分待ったんだし、俺の好きにしていい？」
「……っ……はいっ……」
　だから、もう。
　総長様の、お気に召すままに……♡

書き下ろし番外編

## ラブラブです。

　煌くんと正式につき合い始めるようになって１週間。
　相変わらず、煌くんは車で迎えに来てくれている。
　運転手さんは、煌くんの家に仕えている人だとわかった。
　桜子ちゃんの許嫁……と言われていた帝くんが御曹司なら、煌くんも当然御曹司で、聞いたときはすごくびっくりしちゃった。
　運転手さんが暴走族のメンバーだと思ってたなんて、口が裂けても言えないよ……。
「ありがとうございました」
　今日も運転手さんにお礼を言って車を降りる。
　ここから私と煌くんは別行動。
「じゃあっ、先行くね」
　つき合いはじめたんだから敬語は禁止……という煌くんに従って、普通に喋ることにやっと慣れてきた。
　すると、
「えっ？」
　振り返ると、いつもはまだ車の中にいるはずの煌くんが、降りて私の手をつかんでいた。
　とっさに、あたりを見渡してしまう。
　だって、こんなとこ見られたら……！
　ここは学校から少し離れてはいるものの、数名の生徒は歩いてて。

大変！と、あたふたしていると。
「行こう」
　私の手を握ったまま歩き出す煌くん。
「えっ？　えっ？」
　みんなに見られちゃうよ！
　ダメダメ、ダメだってば……！
　足を止めようとしても、グイグイ引っ張られる私。
「煌くん!?」
　思わず大きな声を出すと、煌くんが私に視線を落とした。
「愛莉は、俺とつき合ってることがまわりにバレたら嫌なの？」
「……っ」
　それは……。
　嫌なわけない。
　こんな素敵な人が彼氏なんて、世界中に自慢したいくらいだもん。
　でも、私なんかが彼女だなんて知れたら、煌くんがどう見られるか……。それが不安なの。
「嫌なの？」
「そ、そんなことないっ」
　もう一度聞かれ、思いっきり首を横に振ると。
「じゃあいいだろ。ちゃんとつき合うことになったんだから何も隠すことなんてねえし」
「う、うん……」
「曖昧な噂が立つくらいなら、一発でわからせてやればい

いよ」
　最後にふっと笑みを見せると、煌くんはまた私の手を握り直して、校門をくぐった。
　さすがに校門まで来れば、生徒たちが溢れていて。
「ねえっ、見て！」
「うっそ！　煌さんが手をつないでる！」
「まさか彼女!?」
「ショック〜」
　なんて声が遠慮もなしにバシバシ降ってくる。
　わぁぁぁぁぁ……。
　思ったとおり……それ以上かな？
「どうせ遊ばれてるんじゃないの？」
「すぐに別れるよ」
　そんな声も聞こえてくる。
　うっ……。
　私が顔を隠すようにうつむき加減で歩いていると、つながれていた手がふいにほどけて。
　その手が肩に回されたからびっくりする。
　ひゃああああ、なんてことを……！
　こ、煌くんっ!?
「きゃあああっ!!」
　同時に、まわりの声もさらにヒートアップ。
　遠慮もなしに歓声を上げる女の子たち。
「俺が愛莉を好きだってわからせてんの」
　さっきの声が煌くんの耳にも入ってたんだ。

変な憶測が立たないようにしてくれてるのかな……。
その優しさに、言われた嫌味のつらさも吹っ飛ぶようだった。


「おはよっ」
教室へ入ると、千春ちゃんがニヤニヤしながら肩を抱いてきた。
「朝からラブラブですね〜」
「……っ！」
ラブラブって……！
頭から火山が噴火したように、一気に全身熱くなる。
……もしかして、千春ちゃんにも見られてたのかな？
恥ずかしいよっ。
「見せつけたりしなさそうな煌さんも、男だったか」
「な、なんか急にね……」
さっきの緊張を思い出して、私も苦笑い。
もう……煌くんはいきなりすぎるから。
これからあんなことが毎日続くのかと思うと、体が持たないかも……。
「よし！　私決めたから！」
私の目を見て、いきなりそう宣言する千春ちゃん。
何をかな？
首をかしげていると。
「私、ハクさんに告白する！」
なんて言うから、驚いてしまった。

「えっ……ほんとに!?」
「うん。だって、ここは当たって砕けろー！だよっ！」
　千春ちゃんらしいなぁと思う。
　ハクさんとはすごくいい感じに見えるけど、ハクさんは煌くんみたいに女の子に対してどういう感じなのかさっぱりわからない。
　だんだん距離は縮めてるみたいだから、うまくいくといいなぁ。
「頑張ってね！　私にできることならなんでも協力するからね！」
「愛莉ありがとう！」
　私たちは朝の教室で、熱い抱擁を交わした。


　昼休み。あやめ。
　親子丼を食べ終わった煌くんが、呟く。
「寝ないで愛莉とずっと喋ってたいけど、愛莉の膝枕で寝るのも捨てがたい」
　ん？
　煌くんは本気で悩んでて、ポカンとしてしまう。
「究極の選択だな……」
　究極って……。
　まだ放課後だってあるのに。
　でも、そんなに私を好きでいてくれることに、天にも昇るような気持ちになる。
「じゃ、じゃあ……膝枕したままお喋りってどうかな……」

そしたら、ふたつとも解決だから。
　いい提案だと思ったのに。
　あれ……？
　煌くんの顔が固まっている。
　やっぱり、そんなのは変だったかな……。
「愛莉から直々に許可が出る日が来るなんてな……」
　口元に手を当てながら、視線をそらす煌くん。
　どうやら、照れてるみたいだけど。
　……そうだった。
　膝枕で昼寝……は、断りを入れられたこともなければ、許可したこともない。
　私ってばなんてことを！
　今更自分の言ったことがめちゃくちゃ恥ずかしくて、顔を両手で覆う。
　最初は驚いた膝枕も、なんだかんだ今では当たり前になって、逆にないと物足りなさを感じてた……なんて絶対に言えない！
「きょ、許可ってわけじゃないけど……」
　恥ずかしくてそう言えば、それでもうれしそうに口を開けて何かを待っている煌くん。
　その意味を理解した私は、卵焼きを箸でつまんで、煌くんの口の中へ入れた。
「何度食べてもうまいな」
「……ありがとう」
　これももう日課になっていて。

いつもおいしそうに食べてくれるから、すごくうれしいんだ。
「ごちそうさま。ってことで、遠慮なく」
　そう言うと煌くんは、私の膝にごろんと寝転んだ。
「……っ！」
　遠慮なく……って、今まで遠慮された覚えもないんだけどね……。
　それでも、まったく嫌な気持ちにならないのは、煌くんのことが好きだから。
　私が煌くんを好きになるなんて……初対面のあの日には、地球がひっくり返ってもありえないと思ってたのに。
　何があるかわからないよね。
　煌くんと小学生時代に会っていて、煌くんが私をずっと好きでいてくれたなんて。
　帝くんからの嫌がらせも、その理由は本心の裏返しだったとわかり、今更だけど自分に少し自信が持てるようになってきた。
　私も、誰かと普通に恋愛していいんだ……って。
「あー、テストだりいな」
　物思いにふけっていると、真下からそんな声が聞こえた。
　顔を下に向ければ、宣言どおり煌くんは眠っていなかったようで、その目は私を見つめていた。
「そ、そういえばもうすぐテストだねっ」
　下から見上げられるって、なんだか恥ずかしいな……。
　この体勢で会話を続けるなんて、慣れてないし。

それはそうと、一週間後に定期テストがある。
　夏休み前の、大仕事。
「クソだな」
「……煌くん」
　クソって……。
　定期テストの問題は、合併で一緒になった３年と２年の男の子は問題が別。
　女子と一緒にしたら、レベルの差がありすぎるから。
　ちなみに、今年の新入生はもともとの白百合の偏差値で募集しているから、不良の男の子はいない。
「ところで煌くんは……その、勉強とかしてるの……？」
　一応、気になる。
　学校には来てるけど、授業に出てなくて大丈夫なのかなって。
「俺のことなめてんの？」
「え？」
「双子の帝が、聖鴎に通ってるんだぜ？」
「すっごい頭いいよね！」
　思わず膝を浮かせてしまうほど興奮した。
　それに頭を揺らしながらふっと軽く笑った煌くんは。
「てことは、だよ」
　……ん？
　てことは……って？
　煌くんが何を言いたいのかよくわからない。
　帝くんがものすごく秀才ってことはわかるけど。

真下にある煌くんの顔を見つめて……。
「あっ……！」
　私はあることに気づいて、小さく声を上げた。
「もしかして、煌くんも頭いいの……？」
「まあな」
　謙遜することなく、さらっとうなずく煌くん。
「中間はトップだったし」
　立て続けにとんでもないことを言う。
「トップ!?」
　黒羽でのトップがどれくらい頭がいいのかわからないけど、帝くんが秀才なら双子の煌くんだって大して変わらない頭脳を持っていることに、今気づいた。
「じゃ、じゃあなんで黒羽に……？」
「白百合が、黒羽と合併するって知ってたから」
　ん？
　よく意味がわからない。
　煌くんは共学に行きたかったの？
　だったら、最初から共学に行けばいいだけの話で……。
「まだ意味わかんないの？」
　首をかしげたままの私に。
　煌くんは唇を尖らせると、手を伸ばして私の後頭部を押さえてグッと自分のほうに近づけた。
「……っ！」
　煌くんの顔が目の前に迫って、今にも唇が触れちゃいそうっ。

しかも、こんな体勢で……。
　みるみる、顔が熱くなっていく。
「愛莉が白百合に行くって知ってたから、黒羽に入ったんだよ。そしたら、合併して一緒にいられるようになるだろ」
　……？
　私と同じ学校になれるから……？
　私が白百合に行くなんて情報……どこで手に入れたんだろう……。
　中学校に探りに来たのか……それとも塾にでも手を回したのか……。
　どれにしたって恐ろしいけど、煌くんならできそうだ、と私はあえて聞かないことにした。
「それほど愛莉が好きってことだよ」
　そのまま、押さえられた手にさらに軽く力が加えられ。
「……っ」
　唇と唇が重なった。

## ありがとう。

「愛莉っ、愛莉っ……！」
　ある日学校へつくと、先に来ていた千春ちゃんに腕を引っ張られた。
　その顔は朝とは思えないほど紅潮している。
　何があったのかな？
　引っ張られるまま、廊下の隅に移動すれば。
「ハクさんとつき合うことになった！」
　ものすごくハッピーな報告をされた。
「ええっ！　ほんとにっ!?」
「うんっ！」
「きゃあ〜〜〜、おめでとう千春ちゃんっ！」
　思わず千春ちゃんに抱きつく。
　この間、告白するなんて話を聞いたばっかりだったから、その速さに驚きつつも、うまくいったことは自分のことみたいにすごくうれしい。
　私の興奮がおさまったころ、千春ちゃんは経緯を話してくれた。
　つばきでたまたまふたりきりになったから、その瞬間を逃さず勇気を出して告白したみたい。
　ハクさんも、じつは千春ちゃんを好きだったみたいで、その場で逆告白されたんだって。
　やっぱりそうだったんだ。

そう見えてたのは、間違いじゃなかったんだね。
　うれしいな〜。
「でね、キスしちゃった！」
「えええっ！」
　さらにびっくりな報告に、私はのけぞる。
　でも、千春ちゃんは頬を染めてそれはうれしそう。
「部屋にふたりきりってこともあって、そのままソファに押し倒されて……」
「お、押し倒された!?」
　キスって、恥じらいながら軽いキス……を想像していたから頭がクラクラした。
　ハクさんて……確かに見た目ワイルドだし、もしかしたらものすごく手が早い？
「だ、大丈夫なの……？」
　なんか、心配になってきちゃう。
「べつに無理やりとかじゃないよっ！　なんとなくいい雰囲気になって、お互いにそうなったって感じだから」
「そっかあ……」
　つき合ったその日に押し倒してキス……って、ハクさんも見た目を裏切らないことするなぁ……。
　でも、つき合ってからそうするだけ、ちゃんと分別はあるよね。今までだって、つばきで何度も２人きりになったりしてたんだろうし。
　私なんて、初対面の日に断りもなく煌くんにキスされたんだから……。それを思うと何も言えないや。

ハッピーなことが続く中で、私の中では、まだひとつひっかかっていることがあった。
　それは、南里くんからの告白をそのままにしていること。
　"忘れてくれていいから"
　なんて言っていたけど、聞いたものをなかったことにはできないし、そのままにしてる私はずるいのかもしれない。
　南里くんとは、相変わらず何事もなかったかのように、普通に喋るけど……。
　今は煌くんとつき合い始めたわけだし、このまま流すのは、やっぱり胸が痛かった。
　私たちは、幼なじみっていう長いつき合いだからこそ、ちゃんと返事をしないといけないと思ったんだ。


　夜の９時。
　バイクの音が聞こえ、すぐ近くで止まったのがわかる。
　南里くんが帰ってきたんだ。
　聞き耳を立てているわけじゃないけど、いつもだいたいそのくらいの時間にバイクの音がするから、今日もそうだろうと玄関の前で構えていた私は慌てて外に出た。
「南里くんっ」
「お、愛莉じゃん。どうしたの？」
　ヘルメットを脱いでいるところだった南里くんは、当然だけどまだ制服姿。
「お帰りっ」
「うん、ただいま」

私がいたことに、少しびっくりしてるみたい。
　きょとんとして私を見ている。
「あのね……ちょっと話が……」
　緊張して、口の中はカラカラ。
　南里くんと向かい合って、こんなに緊張したのは初めてだよ。
　そんな私を見て、南里くんは何かを察したみたい。その表情が少し困ったように緩んだ。
「……南里くんの気持ち……うれしかった」
　"忘れてくれていいから"
　……そう言ったことは本心だったのかもしれない。
　だから、私がそれを今さら口にしようとすることに少し驚いたのかな。
「ありがとう……」
　だけど私にとっては、ものすごくうれしかったことは事実で。
　今日までありがとうの一言も言えてなかったなんて。
「でも……私は──」
「ストップ」
　南里くんが、私の唇に人差し指を立てた。
　続きを遮られて、私は目を見張る。
「よかったな。煌とつき合えるようになって」
　……南里くん。
「俺のことなら気にすんな」
　そして、頭の上にポンと手を乗せてくれた。

緊張の糸がフッと切れて、気持ちが軽くなる。
「愛莉が幸せなら、俺も幸せ」
「南里くん……」
「だから、改めて振らないで」
「……」
　そんなこと言われたら、それ以上何も言えなくなってしまった。
「煌に泣かされたら、言えよ」
　なんて笑って言う南里くんは、私と煌くんのことを、ちゃんと応援してくれているように思えた。
　何かあっても、南里くんに頼って甘えたりは絶対しないけど。
　私たちの関係は今後も変わらないよ……と言ってくれているような気がして。
「ありがとう、南里くん」
　やっぱり私は救われた。

## 好きだから。

『風邪ひいて熱が出たから休む』
　と煌くんから連絡が来たのは、今朝。
　煌くんが風邪とか想像できない……。
　人間だから風邪をひいて当たり前だけど、煌くんが風邪なんてちょっとピンとこなくてびっくりしてしまった。
　なのに、迎えの車が来るからどうしようと思ったけど、以前のこともあるから、大人しく煌くんの指示に従って、乗せてもらった。
「お見舞い行かないの？」
　学校につくと、唐突に千春ちゃんからそう言われた。
「えっ？　お見舞い？」
「ひとり暮らしなんでしょ？　困ってるんじゃない？」
「そうだよね……」
　帝くんは、もう自宅に戻っているみたいだから、ひとりきりのはず。
　煌くんも、そのうち戻るとは言ったけど、学校から遠くなるなんて言って、まだひとりでマンション暮らしを続けているんだ。
　でも、車通学なら遠くてもあんまり関係ないんじゃないかな？
「愛莉が来てくれたら、熱も吹っ飛ぶんじゃない？」
「いや、それはいくらなんでも……」

「逆に元気出すぎちゃって……いひひひひ……」
「……千春ちゃん？」
　何を想像しているのか、悪だくみするような笑顔を向けてくる。
　まぁ……聞かなくても、千春ちゃんが何を言いたいのかわかるけど。
「具合が悪くても、しょせん煌さんだからいろいろ気をつけなね〜」
「え、何それっ」
　どうしよう。
　私はお見舞いに行ったほうがいいの？　それとも行かないほうがいいの……？
　そんなふうに言われたら行きにくくなっちゃったけど、心配なのはほんとで、学校帰りに煌くんの家へ向かった。
　迷惑じゃないかなぁ……。
　ドキドキしながらマンションのエントランスで、部屋番号を押すけど応答がない。
　高級マンションだから、ここで開けてもらわないと入れないし……。
　そこで足止めを食らっていると、別の住人に不審な目で見られる。
　そのたびに自動ドアは開くけど、開いた瞬間、中へ入るなんてこと、小心者の私にはできなくて……。
　考えた結果、スマホからメッセージを送ることにした。
《今、チャイムを鳴らしたのは私です》

じっとその画面を見つめて既読がつくのを待つ。
　寝てるのかな？
　やっぱり帰ろうかな……と思ったとき。
　ピコンと、音が鳴り、メッセージが届いた。
《入って》
　そんなメッセージとともに、エントランスの自動ドアが開く。
　わわっ……開いた……。
　なんだか、許しを得られたような特別感がうれしい。
　そのまま最上階まで上がると、以前来たことのある部屋へ向かった。
「き、来てしまいました……」
　玄関を開けてくれた煌くんは、ほんとに体調が悪いらしく、ダルそうで顔色もよくない。
　やっぱり、来ないほうがよかったかな？なんて、その顔を見た瞬間思ってしまった。
「どうしたの？」
「あの、お見舞いに……その、ひとりじゃいろいろと不便かと……」
「ここまでどうやって来たの？　まさかひとりで来たんじゃないよな？」
　逆に、私のことを心配してくれる煌くん。
「車で送ってきてもらいました。そして、１時間後にまた下に来てくれることになっています」
　ちゃんと、帰りも迎えに来てくれた車に乗った。

運転手さんは、少し時間を潰すから待ち合わせにしましょうと言ってくれたんだ。
　ずっと待たせるのも申し訳ないし、私もそのほうがありがたかったから。
　そう言うと、煌くんは少し安心したみたい。
「見舞いなんていいのに。愛莉に風邪が移ったらどうすんだよ」
「でもっ、移したら早く治るっていうし……」
　それもいいかなって。
「俺が治って、次は愛莉が休んだら意味ないだろ」
「あっ、そっか……」
　私だってそんなの嫌だ。
　入れ替わりなんて。
　私ったら、何を言っているんだろう。
　べつに、移してもらうために来たんじゃなくて、ただ煌くんに会いたかった……ほんとはそうなのに。
　ふっと優しく笑った煌くんは。
「でも、愛莉に会えてうれしいよ」
　私の髪をさらりとすくって、舞い上がるようなセリフを口にした。
「寝てても、愛莉の夢ばっかり見てたから」
「……っ」
「これ、夢の続きじゃないよな？」
　吐息が、私の首元にかかる。
「愛莉に移したくないけど……」

そう言って、ぎゅっと私を抱きしめる煌くんの体は、熱のせいかとても熱かった。
　なんか、熱がある煌くんも色っぽくって……なまめかしい……。こんな煌くんも、なんかいいな……。
　と、このまま流されてしまいそうになってハッとする。
　私、なに考えてるの‼
　煌くんは、熱があるんだよ！
「ご、ご飯どうしてますか⁉　私作りますっ！」
　ここへ来た、ほんとの目的を忘れるところだった。
　慌てて体を離す。
　これじゃあ千春ちゃんの憶測を、笑い話にできないよ。
「キッチン借りますね！　煌くんは寝ててください！」
　変に敬語が戻っちゃうほど焦って、私はキッチンへ向かった。
　作ったのは、具だくさんの雑炊と、卵焼き。
　自炊はしてないのか、キッチンは新品のようにキレイ。
　何もないと思っていたし、材料だけじゃなくて調味料も買ってきてよかった。
　他にも、栄養ドリンクを買ってきたからそれも飲んでもらおう。

　ご飯ができあがり、それをお盆に乗せて寝室に入ると。
　煌くんは寝ていた。
　……やっぱり具合が悪いんだな……。
　私が来て、無理に起き上がらせちゃったんだと申し訳な

く思った。
　テーブルの上にお盆を置いて、床に膝をついてその顔を覗き込む。
　いつもの膝の上の寝顔と違って、息苦しそう。
　それでもキレイな顔には変わりなくて。
　思わず触れてしまった……。
　こんなのしたことないのに、学校じゃないことが私を少し油断させていた。
　初めはあんなに苦手だった煌くんが、今は大好きな人で、私の彼氏なんて。
　信じられないなぁ。
　寝顔を見つめながら、今の自分の状況を思い、改めて世の中何があるかわかんないなぁなんて思っていると。
「……り……」
　煌くんの唇から漏れる声。
「ん？　何？」
　それに反応して、声をかける。
　寝言だったみたいで、目が開くことも答えることもないけど。
「……あい……り」
　再び小さく開いた口からは、はっきり私の名前が聞こえた。
　……っ。
　寝言、なんだよね……？
　もしかして、私の夢でも見てるの？

夢の中にまでお邪魔していると思うと恥ずかしいけど、うれしい。
　煌くんの頭の中が、私でいっぱいになってくれていることに。
　すると、
「わわっ！」
　突然腕を引っ張られ、煌くんの胸元にズボッと顔面からダイブしてしまった。
　しかも、反対の腕は私の背中に回されてる……。
「煌くんっ!?」
　やっぱり起きてたの？
　……どどど、どうしよう‼
　学校で言われた千春ちゃんの言葉がよみがえってくる。
　私このまま……。
　やっぱり、寝室にふたりきりなんてまずかった……？
　胸に顔をうずめたまま様子をうかがってみるけど……煌くんが起き上がる気配はない。
　ただ、規則正しく胸が上下しているだけ。
　やっぱり、寝てる？
　寝ぼけて、無意識に私の腕をつかんだだけなのかもしれない……。
　でも、私の体はがっちりホールドされていて、起き上がることもできない。
　でも、こうしている時間はすごく幸せで安心できて。
　煌くんの手が緩むまで、私はそのままでいた。

やがて、運転手さんとの約束の時間になってしまう。
もっとここにいたいけど、仕方ないよね。
煌くんはぐっすり眠っている。
せっかく寝ているのを起こすのも悪いし。
私は、煌くんに声をかけずにマンションを後にした。

次の日も、煌くんは休みだった。
スマホには《雑炊と卵焼きうまかった。ありがとう》というメッセージをもらい、ちゃんと食べてくれたんだと知ってうれしくなった。
放課後、私はつばきにいた。
千春ちゃんも、放課後はつばきでハクさんと過ごしているみたいで。
今日は煌くんがお休みだから、私もそこにお邪魔させてもらったんだ。
みんなもつばきにすっかり馴染んでいるようで、煌くんがいなくてもたまる場所はつばき。
内装があやめとは違うから、私はなんだか落ちつかないなぁ。
そんな中くつろいでいる千春ちゃんは、すっかりハクさんの彼女なんだとうれしくなる。
見ていても、とってもお似合い。
ずっと仲よしでいてくれたらいいなぁ。
「翔和さんはどうしたんですか？」
でも、まだここには翔和さんがいなかった。

「呼び出し」
　答えてくれたのは、ハクさん。
　呼び出し？
　首をかしげる私に、千春ちゃんがあとを引き継ぐ。
「告白だよ！」
　あ〜っ！
「そういえば、この間翔和さんの靴箱から大量のラブレターらしきものがどさっと落ちてきたのを見たんですけど……」
「あー、あれ見たの？」
　ハクさんは苦笑い。
「はい。でも、全部すぐに捨ててたみたいで……」
「はははっ。毎日毎日あれだけもらってたらしょうがねえだろ」
　そういうものなのかな。
　わかるような……でも、女の子たちの気持ちを考えると、複雑……。
　——と。
「煌くんもそうなんですか？」
　人ごとじゃないと気づいて、今さら焦る。
　煌くんだって翔和さんに負けず劣らずモテるはず。
　翔和さんがもらっている手紙の数を見れば、煌くんだって同じなんじゃないかと。
　胸がざわざわした。
「それはねえよ。煌には手紙禁止になってるから」
「手紙禁止？」

それはいったいどういう……。
「まだ翔和には手紙書けるだけいいんじゃね？　万一、煌にそんなもん渡したら、この学校じゃ生きてけないからな。告白禁止令ってのがあるから」
「ええっ!?」
　告白禁止令!?
　そ、そんなのがあるんだ……。
「てゆーのはウソで、噂がひとり歩きしたんだろうよ」
　びっくりして目を丸くしている私に、南里くんがそう補足してくれる。
　うわぁ……。
　噂って怖い。
　でも、告白すらできないなんて……煌くんのことを好きな女の子なんていっぱいいるのに……なんだか気の毒だな。
　そのとき、ポケットの中でスマホが震えた。
《いつもの場所に来て》
　えっ!?
　それは煌くんからのメッセージで、無意識に胸がドクンッと鳴った。
《早く愛莉に会いたい》
　続けて送られてくるメッセージ。
　いつもの場所って、あやめ!?
　煌くん、学校に来てるの!?
「煌？」

え?と顔を上げると、南里くんが私を見ていた。
「あっ……」
　私ってばニヤけちゃって……!
　あたふたする私を見て、南里くんが笑う。
「え、煌さんから?」
　千春ちゃんからもそう聞かれてうなずいた。
「うん。あやめに来てるみたいで……」
　たぶん、そういうことだよね?
「うわ～!　愛莉に会いたくて来ちゃったんだっ」
「マジかよ。いつの間に」
　千春ちゃんはきゃっきゃとはしゃぎ、ハクさんは笑っている。
　もう体調大丈夫なのかな。
　言ってくれたら……私が煌くんの家に行ったのに。
「行ってこいよ」
　南里くんは笑顔でそう言ってくれた。
「うん」
　私も笑顔で返す。
　南里くんとは、これからもずっといい幼なじみでいたいな。いられたらいいな……。
　そんな気持ちで、私はつばきを出た。


　あやめのドアを開けると、ソファに座る煌くんの姿が目に飛び込んできた。
　ああ……ほんとに来てたんだ!

うれしさに高揚する胸を抱えながら近づいていく。
「愛莉」
　煌くんが私の名前を優しく呼び、そのままいつものように隣へ座った。
「具合、もう大丈夫なの？」
「ああ」
「だからって、今日無理して学校に来なくても……」
「どうしても愛莉に会いたくなったんだよ」
　――ドキッ。
　私に会うためにわざわざ来てくれたのかと思うと、うれしくてまたニヤけてきちゃう。
「……ありがとう」
　うれしくて、そっと頭を煌くんに傾ける。
「ははっ、愛莉だって俺に会いたかったんだろ？」
　煌くんが、私の髪を優しくすくう。
　そのとき首筋に触れた煌くんの手が、すごく温かいことに一瞬違和感を覚えた。
　煌くんは、いつだって手が冷たいから。
　もしかして、まだ熱があるのかな……？
　やっぱり無理してるんじゃ……。
「ほんとに大丈夫なの……？」
「大丈夫だって。心配性だな、愛莉は」
　煌くんが大丈夫っていうなら、信じるけど……。
　あ、そうだ！
　私はカバンからプラスチック製の容器を取り出した。

「これ、食べる？」
「卵焼き？」
「うん」
　今日は来れるかな、と思って一応持ってきてたんだ。
　今は、煌くん専用の容器に卵焼きだけを詰めてきている。
　それをじっと見つめたあと、指でつまんで半分口へ運んだ煌くん。
　あれ？　今日は自分で食べるんだ。
　いつも『あーん』が日課だったから、少し不思議に思いながら見つめて……煌くんが、一瞬顔を歪めたのを見逃さなかった。
　ん？
　おいしくない？
　それとも風邪のせいで、味覚がおかしいのかな。
　鼻が利かないと、味を感じなくなったりするもんね。
　煌くんは、半分残した卵焼きを容器に戻す。
　そして、
「俺のどこが好き？」
　グッと顔を寄せてきた。
　えっ……。
　いきなりどうしたんだろう。
　返答に困って、じっと彼の顔を見つめる。
　すると、ソファに体を倒されて。
　制服の裾からするりと手が差し込まれた。
　それは、あっという間の出来事。

「えっ、ちょ……！」
　腰のあたりを触られて、ぞわぞわと悪寒がした。
　だって……なんだか煌くんじゃないみたいで。
「待って……煌くんっ……！」
　つき合う前こそいろいろと強引だったけど、ちゃんとつき合うようになってからは、こんなことなかった。
　私の気持ちを優先してくれているのか、強引なことなんて何もしてこなくて。
「俺のこと好きなんだろ？　だったらいいじゃん」
　どうしたの煌くん。
　熱でおかしくなっちゃったの？
　それに、この温かい手は……私の知ってる煌くんとはやっぱりなんか違くて……。
　え……？
　真上にある煌くんの顔をじっと見つめて。
「……っ！」
　もしかして……彼は煌くんじゃない……？
　そんなことが頭をよぎった。
　だって、もうひとり、そっくりな顔をした人がいるわけで……。
　頭の中は混乱したまま、彼の唇が近づいてきて、私に触れる寸前。
　ドンッ！
　私は彼の胸を思いきり突いていた。
　だって、やっぱりおかしいもん。

「あのっ……ほんとに煌くんですか……?」
　まさか……帝くん……なんてことない?
　そんな疑いを持つけど、帝くんがこんなことする意味もわからない。
「なに言ってんだよ。俺以外誰がいるっていうんだよ」
　目の前の彼はそう答えるけど。
　やっぱりおかしいよ。
　私は帝くんをよく知っているわけじゃないけど、どうしてもいつもの煌くんとは何かが違うから。
　何とははっきり言えないけど、感覚でそう思うんだ。
　そのときだった。
　──ガラッ!
　あやめの扉が勢いよく開いた。
「ふざけんじゃねえぞ!」
　そう怒鳴り散らしながら入ってきたのは。
　私服姿の、同じ顔の人。
　えっ……!?
　こっちが煌くん!?
　ということは、私に覆いかぶさっているのは。
「やっぱり、帝くん……ですよね」
「あはは、バレちゃったか」
　彼はようやく認めた。
　……やっぱり。
　私のカンは当たってた。
　卵焼きを残した時点で、何かおかしいって疑うべきだっ

たんだ。
「離れろよ！」
　煌くんは、いまだ私に覆いかぶさる帝くんをはがすように退かせると、私を抱きしめた。
「変なことされてないか!?」
　その顔は、すごく焦っている。
「う、うん……大丈夫だよ」
「ほんとか？　正直に言え」
「ほんとだよっ」
「帝の手の早さは天下一品だからな」
　なかなか信じてくれない煌くん……。
「俺、ほめられてる？」
「ほめてねえっ、アホッ‼」
　横やりを入れる帝くんに、煌くんの怒りはＭＡＸ寸前。
「ほ、ほんとに大丈夫だからっ！」
　ニコッと微笑んで見せると、やっと信じてくれたみたい。
　私を抱きしめる手が少し緩んだ。
「煌も疑い深いなぁ。愛莉ちゃんが大丈夫って言ってんだから信じろって」
「お前は黙ってろ」
「はいはい」
「それと、愛莉の名前を気安く呼ぶな」
「おー、こわっ。愛莉ちゃん、コイツなんてやめて俺にしない？」
「……てめえ。今度そんなこと言ったら、その口を裂いて

やるからな」
　うわぁぁぁ、怖いよ煌くん……。
　似ているようで、このふたりはやっぱり似てないかもしれない。
　煌くんは、緩いのかと思いきや、意外と筋が通ってるし。
　帝くんは、ただ緩いだけ……？
「煌のフリすんのも大変だったわ。息苦しくてさ。煌っていつもこんなカッコつけてんのかよ」
　煌くんの制服を着た帝くんは、ソファに踏ん反り返る。
「なあ愛莉、マジで帝だってわかんなかったか？」
　煌くんに聞かれ、正直に答える。
「最初は……ごめんなさい。でも途中から違うって気づきました」
「あ～あ、つまんねーの！　もう少しで初恋の愛莉ちゃんとキスできるところだったのにな」
　素直に答えると、天をあおぐ帝くん。
　わっ、またそんな発言して。
　私がひやひやしちゃうよ。
「てめえっ……！」
　思ったとおり、帝くんをこれでもかってほど睨みつける煌くん。でも、すぐに勝ち誇ったように笑う。
「さすが愛莉だな。俺のことよくわかってる」
　そして、うれしそうに再び私を胸の中に閉じ込めた。
　ちゃんと気づけたのがうれしかったみたい。
　私も、気づけてうれしい……。

「愛莉ちゃんって、もっと抜けてるのかと思った」
「お前が考えてるようなとぼけた女じゃねーの」
　帝くんの言葉は聞き捨てならないけど……。なんだか、自分の物って扱われてる気がしてうれしい。
「つうか、なんで気づいたんだよ」
　本物の煌くんがここへ来たことが、帝くんにはびっくりだったみたい。
「てか、寝てたんじゃねえのか？」
　その言い方からして、帝くんは煌くんのお見舞いに行ったのかな？と思う。
「お前が帰ったあと、スマホと制服がなくなってることに気づいたんだよ。お前がやりそうなことだわ」
「一度やってみたかったんだよなー。煌に彼女ができたら、煌のフリすんの。見分けらんなかったら、彼女として失格だろ？」
「てめぇ！　ただいやらしいことしたいだけだろっ」
「ははは　っ」
「否定しろっ！　ふざけんなっ！」
「はいはい、ごめんって！」
「お前の考えてることなんてお見通しなんだよ。双子なめんな」
「まあまあそう怒るなって」
「こんなこと二度とすんなよ」
「さあねー？」
　どこまでも挑発的な帝くんに、煌くんのこめかみがピク

ピク動く。
　それを面白そうに見ている帝くん。
　まったく懲りてないな……。
「煌くん……」
　私は声をかけた。
「それでも、私は大丈夫だから」
「え？」
「わかるから」
　煌くんの目を優しく見つめる。
「煌くんと帝くんの違いは私にはわかる……だって……好きな人だから……」
「……っ」
　みるみるうちに煌くんの顔が赤くなっていく。
「うわっ、目の前で見せつけてくれんじゃん」
　帝くんは、パチパチと拍手をしながら、やってられないっていうような表情で立ち上がる。
　それにしても、ほんとにそっくりだなぁ。
　私だって、途中まで騙されてたんだから。
「これからも何しでかすかわかんねえけど、騙されんなよ」
「うん、絶対に大丈夫」
　自信を持って答える。
　気を引き締めとかなきゃ。
　いつ、また帝くんが煌くんのフリをしてくるかわかんないもんね。
「あ～あ、つまんねーから帰ろーっと」

「とっとと帰れ。でも、外で俺のフリすんじゃねえぞ！」
　帰ると言った帝くんに、そう釘を刺すことも忘れない煌くん。
　そうだ。
　もし帝くんが校内で女の子に声をかけたりしたら、みんなには煌くんだって思われるんだろうから。
　煌くんが浮気してるなんて思われるのは、私も嫌だし。
　ふふふ、と意味深な笑みを残してあやめを出た帝くんだったけど、そこまで悪い人じゃないよね……？

　帝くんが出ていくと、嵐が去ったあとのように穏やかになる部屋の空気。
「愛莉が欲しくてたまんねぇ……」
　煌くんの怒りもおさまり、いつかも聞いたセリフをささやかれる。
　甘く、優しく。
　そして私の首すじに、かみつくようなキスを落とされた。
「……んっ……」
　たまらず声が出ちゃう。
「こ、煌くん、具合は……？」
「んなのどうでもいいって」
「でもっ……」
「帝に触れられたなんて、俺、今嫉妬に狂いそうだから覚悟して」
　病み上がりの煌くんは、いつにも増して暴走していて。

「……っ」
　そのままソファに倒れ込む私たち。
　さっきとは違い、ドキドキして胸が熱くなる。
「愛莉、大好きだよ」
　目と目が合って、ささやかれる愛の言葉。
「私も……大好き」
　覚悟ならできてるもん。
　煌くんとなら……いいもん。


　だからいつだって。
　総長様の、お気に召すままに……♡


　　　　　　　　　　　　　　END.

## あとがき

　こんにちは、ゆいっとです。
　このたびは、数ある書籍の中から『溺愛総長様のお気に入り。』を手に取っていただき、ありがとうございました。
　こうして書籍化の機会をいただけたのも、応援してくださる読者様のおかげです。本当にありがとうございます。

　このお話は、とにかく男の子が女の子を溺愛する物語を書きたいと思って執筆を始めました。
　クールで不愛想に見える暴走族の総長が、好きな子の前だけでは甘々になるギャップ、いかがだったでしょうか。

　私にはとても難易度の高い設定で、若い子たちはこれでキュンキュンどきどきしてくれるのかな……と不安でしたが、完結後、『キュンキュンしました』と多くの方が感想を書き込んでくださり、あ〜よかった〜とすごくホッとしました。いつも温かい感想に支えられています。

　生活圏内にキュンキュンすることが転がっていないので、日ごろから制服カップルの子たちを見ると「何を話してるのかな〜」などとつい目で追ってしまうのですが、妄想には欠かせないので、怪しくない程度にこれからも続けていきたいと思います(笑)。

サイトで完結したときには、まだ消化不良なところがあったのですが、書籍化のお話をいただき、書き足りなかったところを番外編としてたっぷり書かせていただきました。
　その後のふたりの様子はもちろん、千春とハクの関係、南里の告白の返事についても書きました。
　そちらも楽しんでいただけていれば幸いです。

　最後になりましたが、とってもかわいいカバーや挿絵を描いてくださいましたじーこ様、どうもありがとうございました。
　イラストの下絵を早い段階からいただいていたので、編集作業はふたりを頭にイメージしながら行えて、とても楽しかったです。

　そして今、この本を手に取ってくださっているあなたへ心から感謝を。
　本当に、ありがとうございました。

2019年10月25日　ゆいっと

### 作・ゆいっと

栃木県在住。自分の読みたいお話を書くのがモットー。愛猫とたわむれることが日々のいやし。『恋結び〜キミのいる世界に生まれて〜』が第8回日本ケータイ小説大賞特別賞を受賞し、書籍デビュー。その後、『いつか、このどうしようもない想いが消えるまで』、『至上最強の総長は私を愛しすぎている』(全三巻)など多数。最新刊は『どうか、君の笑顔にもう一度逢えますように。』(すべてスターツ出版刊)。現在は、ケータイ小説サイト「野いちご」にて活動中。

### 絵・じーこ

日々漫画を描いています。代表作は『インフィニティデイズ』(エブリスタ)。現在はSNSやブログでオリジナル漫画を発表しています。

## ファンレターのあて先

♥

〒104-0031
東京都中央区京橋1-3-1
八重洲口大栄ビル7F

スターツ出版(株)書籍編集部 気付

ゆいっと先生

この物語はフィクションです。
実在の人物、団体等とは一切関係がありません。

溺愛総長様のお気に入り。
2019年10月25日 初版第1刷発行

| 著　者 | ゆいっと |
|---|---|
| | ©Yuitto 2019 |
| 発行人 | 菊地修一 |
| デザイン | カバー　足立恵里香 |
| | フォーマット　黒門ビリー&フラミンゴスタジオ |
| DTP | 久保田祐子 |
| 編　集 | 相川有希子 |
| 編集協力 | 酒井久美子 |
| 発行所 | スターツ出版株式会社 |
| | 〒104-0031 東京都中央区京橋1-3-1　八重洲口大栄ビル7F |
| | 出版マーケティンググループ　TEL03-6202-0386 |
| | （ご注文等に関するお問い合わせ） |
| | https://starts-pub.jp/ |
| 印刷所 | 共同印刷株式会社 |
| | Printed in Japan |

乱丁・落丁などの不良品はお取替えいたします。上記出版マーケティンググループまでお問い合わせください。
本書を無断で複写することは、著作権法により禁じられています。
定価はカバーに記載されています。

ISBN　978-4-8137-0778-3　C0193

# 読むたび何度でも恋をする…全力恋宣言！
# 毎月25日はケータイ小説文庫の日♥

心に沁みるピュアラブやキラキラの青春小説、
「野いちご」ならではの胸キュン小説など、注目作が続々登場！

## ケータイ小説文庫　2019年10月発売

### 『溺愛総長様のお気に入り。』ゆいっと・著

高2の愛莉は男嫌いの美少女。だけど、入学した女子高は不良男子校と合併し、学校を仕切る暴走族の総長・煌に告白＆溺愛されるように。やがて、愛莉は煌に心を開きはじめるけど、彼の秘密を知りショックを受ける。愛莉の男嫌いは直るの!?　イケメン総長の溺愛っぷりにドキドキが止まらない！

ISBN978-4-8137-0778-3
定価：本体590円＋税

**ピンクレーベル**

### 『甘やかし王子様が離してくれません。』花菱ありす・著

ましろは、恋愛未経験で天然の高校生。ある日、学校一イケメンの先輩・唯衣に落とした教科書を拾ってもらう。それをきっかけに距離が近づくふたり。ましろのことを気に入った唯衣はましろを特別扱いして、優しい唯衣にましろも惹かれていくけれど、そんな時、元カノの存在が明らかになって…？

ISBN978-4-8137-0779-0
定価：本体570円＋税

**ピンクレーベル**

### 『無気力なキミの独占欲が甘々すぎる。』みゅーな**・著

ほぼ帰ってこない両親を持ち、寂しさを感じる高2の冬花は、同じような気持ちを抱えた夏向と出会う。急速に接近する2人だったが、じつは夏向は超モテ男。「冬花だけが特別」と言いつつ、他の子にいい顔をする夏向に、冬花は振り回されてしまう。でも、じつは夏向も冬花のことを想っていて…？

ISBN978-4-8137-0780-6
定価：本体570円＋税

**ピンクレーベル**

# 読むたび何度でも恋をする…全力恋宣言！
# 毎月25日はケータイ小説文庫の日♥

心に沁みるピュアラブやキラキラの青春小説、
「野いちご」ならではの胸キュン小説など、注目作が続々登場！

## ケータイ小説文庫　2019年9月発売

『イケメン同級生は、地味子ちゃんを独占したい。』　*あいら*・著

高２の桜は男性が苦手。本当は美少女なのに、眼鏡と前髪で顔を隠しているので、「地味子」と呼ばれている。ある日、母親の再婚で、相手の連れ子の三兄弟と、同居することに！　長男と三男は冷たいけど、完全無欠イケメンである次男・万里はいつも助けてくれて…。大人気"溺愛120％"シリーズ最終巻！
ISBN978-4-8137-0763-9
定価：本体590円＋税
　　　　　　　　　　　　　　　　　　　ピンクレーベル

『クールなヤンキーくんの溺愛が止まりません！』　雨乃めこ・著

高２の姫野沙良は内気で人と話すのが苦手。ある日、学校一の不良でイケメン銀髪ヤンキーの南夏（なつ）に『姫野さんのこと、好きだから』と告白されて…。普段はクールな彼がふたりきりの時は別人のように激甘に！「好きって…言ってよ」なんて、独占欲丸出しの甘い言葉に沙良はドキドキ♡
ISBN978-4-8137-0762-2
定価：本体590円＋税
　　　　　　　　　　　　　　　　　　　ピンクレーベル

『幼なじみの溺愛が危険すぎる。』　碧井こなつ・著

しっかり者で実は美少女のり花は、同い年でお隣さんの玲音のお世話係をしている。イケメンなのに甘えたがりな玲音に呆れながらもほっとけないり花だったが、ある日突然『本気で俺が小さい頃のままだとでも思ってたの？』と迫られて……!?　スーパーキュートな幼なじみラブ！
ISBN978-4-8137-0761-5
定価：本体590円＋税
　　　　　　　　　　　　　　　　　　　ピンクレーベル

## 読むたび何度でも恋をする…全力恋宣言！
## 毎月25日はケータイ小説文庫の日♥

心に沁みるピュアラブやキラキラの青春小説、
「野いちご」ならではの胸キュン小説など、注目作が続々登場！

## ケータイ小説文庫　2019年11月発売

### 『イケメン不良くんは、お嬢様を溺愛中。』涙鳴・著

由緒ある政治家一家に生まれ、狙われることの多い愛菜のボディーガードとなったのは、恐れを知らないイケメンの剣斗。24時間生活を共にし、危機を乗り越えあううちに惹かれあう二人。想いを交わして恋人同士となっても新たな危険が…。サスペンスフル&ハートフルなドキドキが止まらない！

ISBN978-4-8137-0798-1
予価：本体500円+税

**ピンクレーベル**

### 『お前の声が聞きたくて、仕方ないんだよ (仮)』言ノ葉リン・著

高2の仁菜には天敵がいる。顔だけは極上にかっこいいけれど、仁菜にだけ意地悪なクラスメイト・桐生秋十だ。「君だけは好きにならない」そう思っていたのに、いつもピンチを助けてくれるのはなぜか秋十で…？　じれ甘なピュアラブ♡

ISBN978-4-8137-0799-8
予価：本体500円+税

**ピンクレーベル**

### 『中島くん、わざとでしょ (仮)』柊乃・著

はのんは、優等生な中島くんのヒミツの場面に出くわした。すると彼は口止めのため、席替えでわざと隣に来て、何かと構ってくるように。面倒がっていたけど、体調を気づかってもらったり、不良から守ってもらったりするうちに、段々と彼の本当の気持ち、そして自分の想いに気づいて……？

ISBN978-4-8137-0797-4
予価：本体500円+税

**ピンクレーベル**

書店店頭にご希望の本がない場合は、
書店にてご注文いただけます。